오월의 하늘을 거머쥔 우리는

오월의 하늘을 거머쥔 우리는

이현도 산문집

시대가 변한들 영원한

우리 삶의 스테디셀러

Prelude

"그대의 낭만을 위하여"

시대가 변한들 영원한 우리 삶의 스테디셀러.
청춘과 추억, 그리고 사랑!
비록 지금의 청춘이 스펙과 취업에 허덕일지라도,
비록 그대의 추억이 돌아갈 수 없는 과거일지라도,
비록 누군가 어젯밤 연인과의 끝을 맺었을지라도.
나도 당신도, 모두가 그를 동경합니다.
모두가 그를 그리워합니다.

누구나 자신이 추억하는 '영광의 시절'을 가지고 있습니다. 늘 귀찮은 얼굴로 공 하나 던져주던 체육 선생님도, 교실 맨 앞에서 조용히 책만 읽던 전교 1등 친구도, 집에 돌아오면 항상 환한 얼굴로 맞아주는 우리 엄마도, 누구나 한 번쯤은 겪어봤을 그 시절을 말입니다.

여기 청춘과 추억에 젖어 그 시절로 돌아가고픈 사람이 있습니다.

옷장 구석에 박힌 교복을 바라보며 교실 구석에 박혀 바라보던 하늘을 그리워하는 사람이. 어릴 적 끄적이던 일기장과 낙서장을 펼쳐보며, 어릴 적 남몰래 꾸던 꿈을 그리워하는 사람이. 그 사람은 그 시절의 하나부터 열까지를 사랑했습니다.

시간이 지나 환경도, 가치관도, 목표도 달라진 그에게 아직까지 달라지지 않은 건 딱 하나.

여전히 기분 좋은 햇살이 흘러오면 속절없이 젖어든다는 것.

평범한 사람들의 일상도 하나씩 쓰이면 이야기가 됩니다. 그 이야기가 모여 하나의 책으로 엮입니다.

이 책으로 하여금 그대 기억 속 어딘가에 남아있는 청춘을, 다시 돌아가고픈 유쾌한 추억을 그릴 수 있기를 바랍니다. 뭉클하게 적시다 아련하게 새겨지는 이야기가 되기를 바랍니다.

청춘의 이름으로 추억을 그리워하며 낭만을 위해 끊임없이 사랑하는 사람들의 이야기.

지난날의 우리는 어떤 이야기를 그려왔고,

앞으로 어떤 이야기를 그려나갈까요.

고등학생 때, 등교할 때마다 이웃분들을 마주치면 늘 인사를 드렸습니다. 다들 반갑게 받아주시는데, 특히 아래층 아저씨는 항상 제게 악수를 청하시고 이런 말씀을 하셨습니다.

"고등학생 때가 제일 좋은 거야~ 네 나이일 때가 그립다."

그저 엘리베이터에 단둘이 있는 어색함에 하신 말이라고 생각한 것도 잠시, 그 말과 함께한 아저씨의 눈빛은 너무나 아련해서, 정말로 본인의 고등학생 때를 추억하고 계신 거라는 생각이 들었습니다. 교복을 입고 있을 때면 그런 말을 특히나 많이 하셨으니 말입니다.

『슬램덩크』의 주인공 강백호는 시합 종료 1분 전, 성장해가는 자신을 보고 싶었다는 안 감독에게 숨을 헉헉

대면서도 결연하게 말합니다.

"영감님의 영광의 시절은 언제였죠…? 국가대표였을 때였나요? 난 지금입니다!!"

세상 모든 어른들, 우리 부모님까지도. 그들의 '영광의 시절'은 언제였을까요? 아래층 아저씨의 영광의 시절은 고등학생 때였습니다. 당시의 저는 그 고등학생 시절을 보내고 있었고, 이제는 저도 떠나와버렸습니다. 지금 보니 알 것도 같습니다. 고등학생 때가 제일 좋다는 게 어떤 의미인지. 옷장 깊숙이 들어가 버린 교복이 어떤 의미인지.

글을 쓰는 내내 애틋한 미소를 띠고 있던 것 같습니다. 쓰는 것보다 다시 읽는 순간에 푹 빠져서, 중학생 때 처음 글쓰기에 흥미를 느낀 제가 잘 쓰지도 못한 글을 읽고 또 읽던 기억입니다. 이제는 다시 볼 수도, 다시 돌아갈 수도 없는 이야기. 이런 말을 할 수 있는 자격이 저에게 있는지는 모르겠습니다. 그저 모든 분들의 삶에 낭만이 함께 하기를 바라는 진심만으로 다가가겠습니다. 부디 여러분의 넓은 아량으로, 저의 이야기를 함께해 주시길.

"벚꽃이 흐드러진 계절을 다시 만나는 순간, 모든 이들에게 저와 같은 행복을 줄 수 있기를 바라며. 또한 이 세상의 모든 분들에게, 저와 같은 영광이 함께 했기를 바라며…."

이현도 드림

목차

Symphony 2. "그대의 추억을 위하여"

Symphony 3. "그대의 사랑을 위하여"

Finale

Symphony 1

"그대의 청춘을 위하여"

Catch Me If You Can

'일탈은 낭만이다.'

어려서부터 학원 만화에 로망을 가지고 있어서일까. 종종 자유분방한 캐릭터들이 수업을 땡땡이치고 건물 옥상에 누워 있는 걸 보면, 그 평화로움이 너무나 부러웠다. 그렇게 초등학교 때부터 종종 밖에 나와 벤치나 스탠드에 누워 있었다. 당연히 들켜서 혼난 적도 많았지만, 잠시 동안이라도 방해받지 않는 그 자유가 너무 좋았다. 그래서 처음에는 단순 흉내로 시작했던 땡땡이가, 가끔은 내 본연의 것이 되었고, 그때마다 세상 제일의 평화를 느꼈다. 그 일탈이 중 · 고등학교를 넘어 지금까지도 계속되는 이유일까? 몸이 나른하거나 답답하면 수업 중이든 일 중이든 바깥에 나와 누웠다. 답답함은 금

세 사라지고 시원함이 찾아왔다. 어느 순간 나만의 공식이 성립된 거다.

보통 우리는 '일탈'을 범죄와 관련된 부정적인 단어로 본다. 그런데 심리학과 교수 소냐 류보머스키가 이렇게 말했다. 소소한 일탈을 하라고, 그러면 행복해진다고 말이다. '소소한 일탈'이란 정말 간단하다. 늘 가는 길이 아니라 처음 가는 길로도 가보고, 매일 먹는 음식 대신 새로운 음식도 한번 먹어보고, 그냥 지나치기만 했던 가게에도 들어가 보고. 그런 소소한 일탈이 쌓이다 보면 우리 삶을 더 낭만 있게 만들어준다는 거다. 그런 기억에 남는 순간이, 누구에게나 하나쯤 있지 않을까?

그해 5월. 우리는 땀을 뻘뻘 흘린 뒤 물을 끼얹고 돌아와, 아이스크림을 하나 물고 천장 선풍기를 따라 원을 그렸다. 다음 수업 종이 울렸는데도 더위가 가시지 않은 나머지 런닝 차림으로 선생님을 맞이했다. 벌게진 얼굴로 부채질을 하다가, 도저히 못 참겠는지 에어컨을 틀자는 요구가 빗발쳤다. 당시 우리 학교는 행정실에서 에어컨을 전체 통제했기 때문에, 반장인 내가 직접 내려가 에어컨을 켜달라고 해야 했다. 그런데 교실로 다시 올라가는 복도에서 뜻밖의 친구를 만났다. 지금이 체육 시간인 녀석이 아이스크림을 입에 물고는 손을 흔들었다. 틈을 타서 몰래 빠져나왔단다. 여유로운 모습에 부러워하자 친구는 유혹했다.

"날씨 좋잖아. 좀 누워 있자고."

나도 모르게 발이 움직였다. 될 대로 되라지. 우리는 운동장 위쪽 나무 벤치에 자리를 잡고 누웠다. 오후 3시. 수업에서 도망쳐 아무에게도 방해받지 않는 자유. 초록 나뭇잎을 넘어 푸른 하늘 사이 하얀 구름을 올려다본다. 만약 유혹을 거절했다면 놓쳤을 거다. 따뜻한 햇살에 시원한 바람이 어우러진다는 기분을. 마음이 편안해지고 하늘이 넓어져 간다는 기분을.

"기분 좋다. 기가 막히네."
"그치? 이게 청춘이야."

체육시간 친구들의 활기참이 바로 아래서. 자동차 소리와 오토바이 배기음이 저기 멀리서. 소음이라고만 생각했던 소리도 때로는 이렇게나 평화로워서. 화창함에 즐기는 일탈. 나무도 구름도 꽃잎도 하늘하늘. 오월의 하늘을 거머쥔 우리는, 그날의 파랑을 잊을 수가 없었다. 순수하게 녹아들던 시간과, 이제는 떠나버린 갈피 같은 기억에.

세 얼간이

끝이 없어 보이던 장마가 지났다는 말에 미루던 약속을 잡았다. 껌딱지처럼 들고 다니던 장우산도 집에 놓고 나왔다. 중간쯤 걷고 있는데 갑자기 하늘이 우중충해졌다. 안 좋은 예감은 틀리지 않는다더니, 아니나 다를까 비가 쏟아졌다. 가까운 버스 정류장으로 피신해 애꿎은 일기예보를 탓하고 있는데, 모퉁이에서 익숙한 얼굴들이 보였다. 두 사람 다 이 주변에 살고 있는 건 알았지만 이렇게 마주칠 줄은 몰랐다. 소리를 지르자 나를 알아봤는지 가방을 머리에 이고는 정류장으로 달려왔다.

"갑자기 뭔 비가 이렇게 와?"
"그러니까. 나도 겨우 피신했어."

모처럼 힘들게 잡은 약속인데 날씨가 따라주지 않는다. 불운이다. 하필 이 녀석들도 우산을 챙기지 않았다. 요란한 알림 소리에 핸드폰을 보니 설상가상으로 약속도 취소되는 분위기였다. 비가 이렇게 올 때면 집에 있는 게 상책이라며 다들 포기해버린 거였다. 최근 들어 집에만 있어서 몸이 갑갑했던지라 오랜만에 밖에 나와 기대했는데, 힘이 쭉 빠졌다. 시간이 흐를수록 빗줄기는 거세졌다. 정류장 지붕을 때리는 소리가 마치 기관총 같았다. 앞에 버스가 멈춰서면 타는 거 아니라며 멋쩍은 웃음을 지어보이다가, 다시 본 일기예보는 비가 족히 3시간은 더 올 거라고 했다. 언제까지고 여기 앉아 있을 수도 없는 노릇이었다.

"안 되겠다, 우산 사러 가자."

"저쪽에 편의점이 하나 있어. 거기까지만 가면 돼."

꽤 거리가 있었지만, 주변 건물과 나무를 이용하면 어떻게든 될 거라고 생각했다. 첩보영화 주인공이라도 된 듯 나무 밑으로 하나씩 뛰고 있는데, 뒤따라오던 친구가 빗물에 미끄러졌다. 외마디 비명과 함께 넘어진 곳이 하필 물웅덩이였다. '풍덩' 소리와 함께 순식간에 물빠진 생쥐 꼴이 됐다. 그 모습에 웃음이 터져버렸다. 그런데 손을 잡아주러 간 친구를 녀석이 기다렸다는 듯 잡아당겨 넘어뜨렸다. 결국 지금까지 뭘 했는지 두 사람 다 흠뻑 젖고 말았다. 쏟아지는 빗속에서 깔깔대는 친구들을 보고 있으니, 혼자 지붕 밑으로 피신한 게 무슨 의미가 있나 싶었다. 결국 우리는 그냥 뛰기로 했다. 언제 비를 피했냐는 듯, 온몸이 젖었지만 차라리 후련했다.

그때 나에게는 기한은 다가오지만 좀처럼 손에 잡히지 않는 일이 하나 있었다. 그날의 외출도 사실은 현실도피였다. 만약 일을 마치지 못했을 때 일어날 수 있는 최악의 상황을 상상하며 혼자 고민했다. 그런데 폭우 속에서 뛰고 있는 나를 마주하자, 딱히 그렇게 최악도 아니라는 생각이 들었다. 아무리 최악이라도 쫄딱 젖은 나만큼은 아닐 것 같았다.

친구는 기왕 이렇게 된 거 스트레스를 풀어야겠다며 고래고래 소리를 질렀다. 거센 빗소리는 그 소리를 묻어주기에 충분했다. 그렇게 우리는 원망스러운 날씨에 대해서, 헤어진 여자친구에 대해서, 지난달 탈락한 시험에 대해서 괴성을 질러대며 달렸다. 속이 뻥 뚫리는 기분이었다. 빗줄기에 고민도 씻겨 내려갔다. 돌이켜보면 별 생각 없이 해도 될 일이었다.

차라리 폭우가 와서 다행이었다. 불운은 이따금 마음먹기에 따라 행운으로 바뀔 수도 있는 모양이다. 세상이 끝날 것처럼 내리는 폭우를 뚫고 뛰어왔다는 사실이 믿기지 않아 집에 와서도 웃음이 났다. 때로는 이런 대책 없는 바보 같은 모습이, 어려운 고민의 힌트가 되는지도 모르겠다.

All I Want for Christmas Is Dream

올해도 어김없이 추천 플레이리스트에 캐럴이 올라오고, 광장에 거대한 트리가 세워지는 시기가 왔다. 사진이라도 찍을까 코트 하나 걸치고 길을 걷는데 산타할아버지가 보였다. 커다란 선물상자와 썰매 장식 옆에서, 빨간 모자에 빨간 옷을 입은, 내 또래 산타할아버지. 아르바이트라도 하는 건지 담당자로 보이는 옆 사람에게 대답하는 입가 사이로 하얀 입김이 흘러나온다. 사진 몇 장 건지고 돌아가는 길, 다시 본 산타할아버지는 어느새 패딩을 입고 뜨거운 커피를 손에 쥐고 있었다. 산타할아버지도 춥긴 춥나 보다.

우리는 보통 몇 살 때까지 산타를 믿을까? 나도 내가 언제부터 산타를 안 믿게 된 건지 정확히는 모르겠다.

정말 어릴 때는 산타를 꿈꾸기도 했는데…. 예전 비디오를 돌려 보면, 어린이집에 찾아온 산타할아버지를 넋 놓고 보고 있는 내가 있었다. 크리스마스 연극에서 산타를 하고 싶다며 고집을 부리고, 지나가는 길에 빨간 산타 옷이 보이면 사달라고 조르는 모습. 지금도 길을 걷다가 예쁜 산타 소품이 보이면 카메라를 꺼내 든다. 그 미련이 조금은 남아 있는 모양이다.

아침에 일어났을 때 머리맡에 놓여 있던 사탕 바구니. 물론 부모님이 슬쩍 갖다 뒀을 테지만, 그때는 한없이 행복하기만 했다. 아마 처음에는 믿지 못했을 거다. 환상처럼 나타나서 아이들에게 선물을 주는 산타가 가짜라고? 하지만 '꿈'은 점점 '현실'에게 가려졌다. 크리스마스가 지나면 서서히 캐럴과 트리가 사라지는 것처럼.

"커서 뭐가 되고 싶어요?"

어린이집 선생님의 질문에 "산타할아버지요!"라고 자신 있게 답하던 꼬마 아이는, 점점 이런 질문을 좋아하지 않게 됐다. 산타가 '허구'라는 걸 알고 난 이후에는,

되고 싶다고 말해봤자 이루어질 리가 없다고 생각했기 때문이다. 아이들의 수많은 꿈을 이루어주지도 않을 거면서, 어른들은 왜 그리 우리의 꿈을 알고 싶어 했는지. 매년 장래희망이 뭔지 조사하고, 자녀가 생각하는 꿈과 부모가 생각하는 꿈을 나눠놓는 등. 어른들은 아이들에게 '꿈'이라는 강박을 심고 있었다. 끊임없이 입력되기만 했지 정확한 답으로 산출된 적은 없는, 잘못된 알고리즘 같았다.

어쩌다 '산타'는 이룰 수 없는 꿈이 되었을까. 크리스마스가 다가와 들떠있는 짝꿍에게 산타는 없다고, 어린애 같다고 놀려대던 어떤 녀석과, 그 말을 들은 짝꿍이 서럽게 울음을 터뜨린 기억. 안타까운 점은, 그때의 나는 이미 산타에 대한 진실을 알고 있었다는 거다. 그 이후로는 산타에 대한 꿈을 완전히 접었던 모양이다. 그저 남들처럼 공부해서 대학 가고, 취직해야겠다는 생각만 했다. 그렇게 지금까지 산타가 된 적은 없었다.

뜨거운 커피 한 잔에 핸드폰을 꺼내들던 산타할아버지. 그런데 저편에서 부모님 손을 잡고 걸어오던 아이가 산타할아버지를 보고는 소리를 질렀다. 그러자 화들짝

놀라는가 싶더니 이내 기다렸다는 듯 패딩을 벗고 선물 상자를 손에 든다. 쪼르르 달려와 자기 앞에 선 아이에게 허허허 어색한 웃음을 지어 보인다. 내일 선물 주실 거냐고 묻는 아이의 말에 당황한 모습. 뒤따라오신 부모님이 아이를 진정시키고 나서야 산타할아버지의 긴장도 풀린 듯했다. 어머니의 옷자락을 잡아당기며 사진 찍고 싶다고 조르는 아이. 그 모습에서 어릴 적 내가 보였다.

"추운데 고생이 많네요."

"감사합니다. 어릴 때부터 꼭 한 번 해보고 싶었거든요."

아이의 사진을 찍어 준 부모님이 그의 어깨를 두들겨 준다. 어릴 때부터 꼭 한 번 해보고 싶었다는 말이 귀에 박혔다. 많은 시간이 지났음에도 캐럴을 들으며 거리를 걸을 때면, 산타가 되어 아이들에게 선물을 나눠주는 나를 상상하고는 했다. 리본과 방울이 가득한 썰매로 하늘을 달리는 산타. 저 멀리 불빛 반짝이며 날아가는 비행기가 꼭 썰매 같다. 비록 하늘을 날지는 못해도, 환한 미소와 웃음소리 정도는 따라 할 수 있을 텐데. 그렇게 내 '꿈'은 다시 태어날 수 있었다. 다음 크리스마스에는 내가 저 산타할아버지의 뒤를 이어 볼까 싶다.

나만의 꿈 백화점

항상 머리맡에 수첩과 펜을 두고 잠에 든다
좋은 꿈을 꾸면 잊어버리기 전에 적어두기 위해서다
행여 이야기 소재로 풀어낼 수 있을까 하는 마음도 있지만
그저 그 꿈에 대한 순수한 기억을 간직하고 싶어서다

인디밴드의 보컬이 되어 콘서트를 하는 꿈, 지나가던 사람과 부딪혀 몸이 바뀌는 꿈, 세상을 지키는 영웅이 되는 꿈, 끝없는 귀신의 집에 혼자 갇힌 꿈, 좋아하는 연예인과 식사를 하는 꿈, 염라대왕이 되어 망자들을 심판하는 꿈, 세상에 없던 신기술을 개발해 노벨상을 받는 꿈, 스키점프 국가대표가 되어 올림픽에 나가는 꿈, 어선 하나로 악명 높은 범고래를 사냥하는 꿈, 셜록 홈즈

가 되어 범인을 찾아내는 꿈, 일류 의사가 되어 불치병 환자를 살리는 꿈, 성공한 사업가가 되어 떵떵거리며 사는 꿈, 눈 떠보니 내 몸이 기계가 된 꿈, 초등학생 때 꿈꿨던 만화가가 된 꿈, 돌아가신 삼촌과 할아버지를 만나는 꿈….

그러다 보면 이따금 내가 원하는 꿈을 꾸고 싶다는 생각이 든다. 소설 속 꿈을 파는 백화점이 실제로 있다면 얼마나 좋을까. 그날의 기분에 따라 꾸고 싶은 꿈을 마음껏 꿀 수 있을 텐데. 내가 추억하는, 그리워하는, 즐거워하는, 기대하는 꿈들을.

수첩에 쌓여가는 여러 가지 꿈 이야기
꿈은 나에게 설렘을 주기도, 성찰을 주기도 하며
일상을 더 풍족하게 만들어간다
나를 더 크게 만들어간다

나는 우리가 지난 여름에 한 일을 알고 있다

"나는 걔 이해를 못 하겠다."

이런 말을 중얼거리거나 들어본 경험이 누구나 있기 마련이다. 물론 이 말이 해서는 안 되는 아주 나쁜 말은 아니지만, 정말 순수하게 이해가 안 된다고 말하는 경우와는 다르다. 이 말을 하는 이의 목소리가 격앙되어 있고, 인상은 찌푸려져 있으며, 이야기의 대상이 지금 이 자리에 없다면, 대개가 그 사람을 헐뜯는 내용이기 때문이다. 나도 살면서 이 말을 한 적 없다고 말할 수는 없지만, 그래도 이 말이 머릿속에 떠오르면 한 번쯤 되뇌어 본다. 이런 말은 나의 비좁은 가치관 때문에 나오는 게 아닐까 하고.

오래된 친구가 있었다. 묵묵하고, 답답한 구석은 있지만 자기 의견은 확실한 녀석이었다. 함께 아르바이트를 잡은 날이었는데, 각자에게 배정된 양과 보수가 정해져 있어 한 명만 빠져도 하중이 커지는 일이었다. 그런데 당일, 그 친구는 나오지 않았다. 그것도 아무런 연락없이. 직접 이유를 말한 건 아니지만, 추측건대 전날 우리가 평소 지각이 잦던 그 친구에게 늦으면 안 된다며 놀렸던 게 이유일지도 모르겠다. 하지만 그렇게 아무런 연락도 없이 결석해버리면 남은 일은 누구의 몫이 되며, 한 명이 안 왔다고 말할 때 담당자의 잔소리는 누가 들어야 하는가. 나는 그날 함께 있던 친구들에게 그 녀석의 무책임함에 대하여 '이해를 못 하겠다'고 말했다. 격앙된 목소리에, 인상을 찌푸리고서.

어쩌면 우리가 알지 못하는 사정이 그쪽에 있었는지도 모른다. 하지만 그 이후에도 우리는 묻지 않았고, 그쪽에서도 사과하지 않았다. 결국 시간이 흘러 그 친구는 자연스럽게 그룹에서 떨어져 나갔다. 나는 그 친구를 이런 일방적인 시각으로 적고 있지만, 그는 나에 대해 뭐라 말할 수 있을까. 순간의 감정이 죽고 이성이 되돌아온, 오늘날에서 서로 말이다.

오히려 관계를 끊었기 때문에 우리는 더 함부로 말할 수 있는지도 모른다. 분명 함께 어울리던 시절에는 좋은 기억도 많지만, 마무리가 좋지 않게 끊어진 경우는 그 시절의 기억마저 변형시킨다. 그 시절 자체가 좋지 않았다는 게 아니라, 나중에도 좋은 친구로 지내자며 웃던 기억을 후회하게 만든다. 이런 사람은 진작 내치는 게 잘한 거라고, 우리 관계가 끊어진 건 너 때문이라고 책임을 전가한다. 그렇게 내 비열함을 숨긴다.

이따금 SNS를 보다 보면 검은 화면에 흰 글씨로 빼곡하게 쓰인 글이 보인다. 주로 험담이나 불평을 담고 있는데, 그 대상은 싸운 친구나 헤어진 애인이 된다. 빼곡한 흰 글씨 중 제일 위에 쓰인 "나는 이해를 못 하겠다"라는 말. 그 말은 차갑게 식어버린 애정에 대한 뜨거운 분노로 타자를 누르는 손가락의 온도를 궁금하게 만든다.

처음에는 얼마나 화가 나면 이럴까 싶었다. 하지만 그런 글을 하도 많이 접하고, '이해를 못 하겠다'며 누군가의 험담을 계속하는 사람을 마주하자 생각이 바뀌었다. 밥 먹듯이 이런 말을 뱉는 사람들은 자신의 비좁은

속내를 그대로 보이고 있는 것 같았다. 그런 사람들을 멀리해야겠다고 생각하던 찰나, 그날 화를 내던 내 모습이 떠올랐다. 그날의 나 또한 순간의 감정을 이기지 못해, 비좁은 속내를 보이고 있었는지 모른다.

하루는 밥을 먹는데 누군가 그 친구에 대해 물었다.

"너도 걔랑 친하지 않나? 걔는 요즘 뭐해?"
"…나도 잘 몰라. 연락 끊은 지 좀 됐어."

바로 뒤에 따라오는 물음은 정말 싫다. 그럴 때마다 꼭 왜냐고 묻는다. 그날의 좋지 않은 기억을 더 이상 생각하고 싶지 않은데, 자꾸 왜냐고 묻는다. '그냥'이라고 말하기는 뭐 해서, 결국 그 기억을 또 꺼낸다. 이제는 감정보다 이성이 앞서기에 최대한 객관적으로 말해보려 하지만…. 어쨌든 그럴 때마다 정말 싫다, 그 '왜'라는 물음은. 서로를 떠난 이래 너는 어떻게 지내고 있을까. 돌아가기에는 너무 멀리 와 버렸고, 이제는 돌아갈 길도 모르겠다.

말하는 대로

커피라도 살까 편의점으로 향하던 밤. 옆으로 버스 한 대가 지나간다. 선팅이 된 창으로 희미한 실루엣이 보인다. 모두 똑같은 교복을 입고, 고개를 기댄 채 잠들어 있다. 나도 마찬가지였는데, 야자가 끝난 버스에서 이어폰을 꽂고 지쳐 잠들어 있던 기억. 늦은 시간까지 책상에 앉아 얼굴을 박고 있던 한 수험생의 모습이다.

아침 일찍 일어나 밤늦게까지 공부하고, 다시 아침 일찍 일어나 밤늦게까지 공부하던 나날. 그런 기계와도 같은 일상의 반복이 있었다. 그렇게 필사적이었는데도 누구는 원하는 결과를 얻었고 누구는 얻지 못했다. 그 아름답지 않은 현실에 지친 나머지, 우리는 이따금 절망에 빠지기도 하지만….

"말하는 대로, 말하는 대로, 될 수 있다고, 될 수 있다고. 그대 믿는다면."

_ 처진 달팽이(유재석&이적) - '말하는 대로' 中

이런 노래 가사 하나에 괜한 힘을 얻었다. 분명 힘들고, 걱정되고, 불안할 때도 있는 나날이었지만, 나 혼자만이 짊어져야 하는 잔인한 운명은 아니었다. 각자의 자리에서 목표를 향하던 모두가 같은 마음이었다. 그 순간 다할 수 있는 최선에 매 순간 간절했다.

편의점에서 나와 이어폰을 꽂는다. 그 노래를 다시 들어본다. 나는 이제 다른 옷을 입고 다른 공간에 있지만, 작게나마 응원을 전하고 싶다. "힘내", "어떻게든 될 거야" 같은 무책임한 말은 하고 싶지 않다. 노력이 그대를 배신하지 않기를 진심으로 기도하는 것만으로도, 조금은 위로가 되지 않을까.

스물 즈음에

내 미래에 있을 행운까지 모두 당겨와
전부 쏟고 싶을 만큼
간절한 순간이 있었다

설령 그로 인해
더 큰 고난이 찾아온다 할지라도
이 기회만 잡을 수 있다면 상관없다는 마음으로

그런 애타는 마음과 상관없이
닿을 수 없는 거리로 멀어지는 게 현실이지만

그래서 후회라는 건
우리가 평소에 얼마나 필사적이고 절실해야 하는지
알려주기도 한다

슬픔이여 안녕

"요즘 들어서 부쩍 느끼는데, 나는 그게 좀 싫어. 그렇잖아, 교훈이란 걸 얻으려면 결국 슬픈 일을 겪어야 된다는 게. 사람들 맨날 아프니까 청춘이라 그러고, 힘든 일 있으면 교훈 얻은 셈 치라 그러는데, 애초에 나는 아프기도 싫었고, 그런 교훈도 필요 없었는데 말이야."

.

"우리가 이렇게 이야기한다고 당장 현실이 바뀌는 것도 아니고, 위로받는다고 사라지는 것도 아니지만…. 그냥 너한테 슬픈 일이 있고, 네가 고생하고 있다는 걸 아니까. 그래서 사람들이 위로를 해주고, 먹지도 못하는 술을 같이 먹어주고, 그러는 게 아닐까 싶어."

.

"뭐, 난 너한테 무슨 사정이 있었는지는 잘 모르겠지

만, 그리고 너의 마음을 다 이해한다고도 할 수는 없지만, 후회하든, 슬퍼하든, 그건 나중 일인 것 같아. 결국 제일 힘든 사람은, 언제나 남겨진 사람이잖아."

·

"어쨌든 넌 나한테 정말 좋은 사람이니까…. 그래서 나는 그냥, 네가 지금 이 순간을 너무 의미 없이 보내지는 않았으면 좋겠다는 거? 그게 다야."

— 눈 내린 그날, 밤의 공원에서

오만과 편견과 사과

우리는 작은 말다툼 속 순간적인 감정에 휩싸여 연락을 끊었다. 며칠간 빙하기가 왔다. 하지만 불같은 화는 곧 식기 마련이었고, 고작 이런 일로 화를 내는 게 바보 같이 느껴진 나는 너에게 사과하기로 했다. 문제는 너도 슬슬 분노가 식었으리라 혼자 지레짐작한 거였다. 메시지를 읽었다는 숫자 '1'이 사라지고 몇 시간, 도통 오지 않는 답장에 답답함을 참을 수 없었다.

그때의 나는 먼저 '미안'이라는 말을 꺼내면 대화의 주도권을 가져온다는 편견이 있었다. 사과를 하는 쪽에서 이렇게 용기를 냈으니, 너는 무조건 이를 받아줘야 한다는 오만함. 물론 먼저 사과하는 일은 어렵다. 하지만 그 점에 집중한 나머지, 사과를 하는 사람의 태도보다 사과를 받는 사람의 태도에 초점을 맞춘다. 그 예가 바로 뒤이어 보낸 말이었다.

"미안하다고 했잖아. 왜 읽어놓고 답을 안 해."

무작정 사과만 한다고 끝이 아니다. 그 뒤에는 한 단계가 더 남아 있다. '미안'이라고 말하는 순간 전쟁은 휴전 협정을 맺는다. 더 이상 총칼로 서로를 해하지는 않지만, 그렇다고 폐허가 바로 복구되지는 않는다. 그래서 그 폐허가 복구되는 동안, 미처 남은 화약을 터뜨리기도 한다. "내가 진작 말했잖아", "뭐가 미안한데" 등등이 그렇다. 이 화약을 어떻게 받아내느냐에 따라 전쟁은 다시 시작되기도, 종전 선언을 하기도 한다. 사과를 받는 쪽도 스스로의 무안함을 덜어내는 시간이 필요하다. 저쪽의 용기를 인정하고, 싸우기 전으로 돌아가기에는 오랜 시간이 걸린다. 그래서 마지막으로 터지는 화약을 묵묵히 받아주는 게, 마지막 단계다.

"내가 잘못했어. 조심할게."
"…나도 미안해."

그래도 다행인 건, 사람을 사귀고 싸운다는 경험을 쌓다 보면 화해에도 요령이 생긴다는 거다. 상대가 어떤 기분일지 생각해 사과를 하는 타이밍이나, 상대가 먼저 손을 내밀었을 때 장난스럽게 툭 치며 웃어 보이는 방법도 알게 된다. 그 순간을 놓치면 빙하기는 좀처럼 녹지 않는다. 먼저 사과해야겠다는 생각이 들었다는 건 그 인연을 내가 정말 소중하게 생각하고 있다는 증거기도 하다. 때로는 못 이긴 척 넘어가는 것도 필요하다는 걸 경험을 통해 배운다.

우리가 서로의 어떤 부분을 이해하지 못해서 싸우게 됐는지, 다신 안 볼 것처럼 해놓고도 나는 왜 먼저 사과를 하고 있는 건지, 그 모든 과정에서 우리는 서로를 더 잘 이해하게 된다. 소중한 사람의 몰랐던 성향을 알게 되는 것도, 답답했던 오해를 풀 수 있는 것도 우리가 싸웠기 때문이다. 좀 싸우면 어떤가. 세상 사람들 다 싸우고, 사과하고 화해하면서 친해진다. 그게 일상이다. 소중한 이와 다투게 된다면 차라리 우리 관계를 더 돈독하게 할 기회라고 생각해 보자. 서로의 상처가 아물 때면, 우리 사이도 더 끈끈해질 테니까.

공감능력 죽이기

남녀가 고민에 대한 이야기를 하다 말다툼을 벌이는 이유는, 남자는 해결책을 원하지만 여자는 공감을 원하기 때문이라는 말이 있다. 물론 모두가 그렇지는 않겠지만, 실제로 내 주변에도 그런 이유 때문에 헤어진 친구가 있었다. 아프다는 여자친구의 말에 친구는 계속 병원에 가고 약을 먹으라는 이야기만 했고, 결국 자신의 아픔에 공감해 주지 못한다는 이유로 다퉜다. 그리고 헤어졌다. 참 유치하지만, 신기한 점은 이런 일을 겪어본 사람들이 생각보다 많고, 나조차도 그 이후로 종종 고민을 들을 때 해결책보다 공감에 초점을 맞추고 있다는 점이다.

예를 들어 "바빠서 밥을 아직 못 먹었어요."라는 말에

"얼른 드세요", "고생이 많으시네요."라는 당연한 말보다는 "제가 직접 차려드리고 싶네요." 같은 말이 더 진정성 있게 느껴진다는 거다. 처음에는 이해하기 어려웠지만, 때로는 그런 말 한마디에 담긴 공감으로 인해 서로의 관계가 발전하기도 하고 멀어지기도 하는 모양이다. 내 의견을 줄이고 상대의 이야기를 듣다 보면 답답함도 느끼지만, 그곳에 심은 씨앗이 점점 자라 이 사람의 가치관을 알게 해주거나, 생각의 다양함을 알게 해주고, 아울러 대화 속에서 뜻밖의 글감을 떠올리게도 한다.

지난 주말에는 도서관에서 책을 찾고 있는데, 휴대폰에서 진동이 울렸다. 한 지인이 지금 도서관이냐고 물어본 거다. 그렇다고 대답했더니 아이보리 코트를 입고 있냐고 물었고, 또 그렇다고 했더니 출입구 쪽을 보라고 했다. 그쪽을 바라보자 손을 흔들고 있었다. 예전에 친구 소개로 만나 번호를 교환했는데, 접점이 사라지며 자연스레 연락이 끊긴 분이었다. 내 곁으로 다가온 그녀는 의아할 정도로 반가워하며 잠깐 이야기나 하자고 했다. 썩 내키지는 않았지만 무조건 거절하기도 애매했다. 빠르게 차림새를 살피니 가방을 메고 커피를 들고 있는 게 나가는 길이었던 것 같았다. 오래 잡아둘 것 같지는 않았지만 혹시 모른다는 생각에 시계를 보는 척하며 "그럼 버스 시간 전까지만요."라고 거짓말을 했다.

"책 읽는 거 좋아해? 그거 『기사단장 죽이기』잖아. 무라카미 하루키. 나도 읽어본 적 있어. 예전에 베스트셀러였거든. 일본 작가를 좋아하나 봐?"

"아, 일본 작가를 좋아하기는 하는데, 이걸 아직 못 읽어봐서요. 재미있어요?"

"글쎄, 나는 왜 베스트셀러였는지 잘 모르겠더라고. 아무튼 내 스타일은 아니었어."

"정말요? 어떤 부분에서 그러셨는데요?"

휴게실에 자리를 잡은 지인은 내가 고른 책 이야기로 입을 열었다. 몇 마디에 대충 맞장구를 쳐주자 신이 났는지 점점 자신의 근황부터 삶에 대한 이야기를 꺼냈다. 최근 회사에서 일어난 일부터 우리나라 정치 이야기까지. 그러더니 갑자기 자신의 직장 상사와 친구들에 대한 불만을 토로하기도 했다. 개중에는 내가 들어도 되나 싶을 정도의 험담도 있었다. 만난 적도 별로 없어 그리 친하지도 않은 사람에게 이런 말까지 하다니. 듣는 것만으로도 괜한 부담감이 쌓였지만, 나름대로 최선을 다해 그 말에 동조했다.

지인은 말하고 싶은 건 많지만 개연성이 따라오지 못하는 경우였다. 발음은 부정확한데 쓸데없이 속도만 빨랐다. 게다가 목소리 크기도 조절하지 못했다. 옆 테이블의 눈초리를 신경 쓰는 건 오로지 내 몫이었다. 적막한 도서관 휴게실 속에서 어색한 사람의 이야기를 들어주는 건 여간 힘든 게 아니었다. 가만히 듣기만 하는 것도 아니고 계속 대답을 요구했기 때문이다. 별로 듣고 싶지 않은 말들이 차곡차곡 뇌에 쌓였다. 어느 순간부터는 일부러 단답식의 대답을 하며 더 이상 듣기 싫다는 티마저 내고 말았다. 30분쯤을 그러고 앉아있으니 귀에서 진물이 날 것 같았다. 버스 시간이 얼마 남지 않았다고 말한 뒤 재빨리 도망쳤다.

그날은 정말, 공감능력 죽이기….

관계학개론

사람이 사람을 좋아하는 이유는 간단하다. 정답게 대해주거나, 행동이나 말투에 매너가 배어 있거나, 취향이 같은 경우 우리는 그 사람에게 금방 호감을 느낀다.

반대로 사람이 사람을 싫어하는 이유 또한 간단하다. 예의가 없거나, 행동하는 게 마음에 안 들거나, 혹은 단순한 취향의 차이가 그렇다.

한동안 피하던 사람이 있었다. 대학에서 만난 시간강사였는데, 안 좋은 기억들이 하나씩 쌓여서 내가 어쩌다 그 사람을 싫어하게 됐는지 거슬러 올라가기도 싫을 정도였다. 정말 심할 때는 운 나쁘게 옆에 서서 옷깃만 닿아도 치가 떨렸다. 당시 나와 그 사람은 학기가 끝날 때까지 계속 만나야 하는 불행한 관계였다. 그 불행을 떨쳐내기 위해 무시를 하기도, 험담을 하기도 했고, 앞에 서 있을 때면 마음속으로 경멸하기도 했다. 알아두어야 하는 건 내가 그 사람을 싫어하는 만큼 그 사람은 나를 싫어하지 않았을 거고, 당시 나를 포함한 모두가 싫어할 만큼의 존재는 아니었다는 거다.

제법 시간이 지나 한동안 보지 못했던 그 사람을 다시 만나게 됐다. 그간 많은 일이 있었기에 내가 그 사람을 대하는 시선이 넓어졌을 수도 있었고, 그 사람 스스로가 달라졌을 수도 있었다. 하지만 놀랍게도 모습이 보이는 순간 본능적으로 눈을 찡그렸다. 옆 사람들과 악수를 하는 동안 나도 모르게 몸을 숨겼다. 하필 이쪽으로 다가왔기에 어쩔 수 없이 응했지만, 그 맞잡은 손이 굉장히 불쾌하고 싫었다. 그 감정을 떨치기 위해 일부러 세게 흔들었다.

나는 내가 인간관계에 있어서 꽤나 호전적인 줄 알았다. 항상 모두에게 정답게, 화내지 말자고 생각했다. 굳이 뭐 하러 싸우나, 두루두루 친하게 지내면 좋고, 그럼 나중에 어떤 식으로든 도움이 될 거라는 주의였다. 웬만

한 장난은 대부분 웃어넘기고, 싸움이 나면 제일 먼저 나서서 말리는 모습이, 어쩌면 그런 생각에서 비롯된 듯했다.

그런데 이제 와 돌아보면 나는 좋아하는 사람이 많은 만큼, 싫어하는 사람도 많았다. 학교를 다닐 때도 반에 한두 명은 꼭 맞지 않는 친구가 있었고, 그건 사회에 나와서도 마찬가지였다. 그리고 그런 사람들을 모아보면 대부분이 비슷한 스타일을 가지고 있었다. 그렇게 내가 '싫어하는' 스타일이 있고, 그런 사람들이 제법 많다는 걸 새삼 깨달았다. 살다 보면 어쩔 수 없이 그런 이들도 만나야 했던 거다.

그날 한 가지 사실을 알았다. 누군가의 이미지에 싫다는 못을 박아버리면, 그 못은 쉽게 빠지지 않는다. 못에 걸리는 못생긴 그림 수만 늘어간다. 그래서 언제부터인가 다들 사이좋게 지내야지, 싸웠으면 화해해야지, 그런 말을 하지 않게 됐다. 과거에는 내 좋은 인간관계에 흠집이 날 것 같아 어떻게든 좋은 사이로 만들어보려고 했다. 기분이 나빠도 견뎌야 된다고 생각했다. 내가 내 감정을 알아주지 못했다.

우리가 살아가면서 누군가를 좋아하고 싫어하는 건 당연하다. 그 당연한 감정에 그리 많은 이유는 없는 것 같다. 그때와 달라진 점이 있다면 내 감정이 명확해졌다는 거고, '싫어하다'라는 기준이 생겼다는 거다. 앞으로도 나는 그 사람을 만나야 할지 모르고, 관계가 좋아질 거라는 장담도 못 한다. 그래도 마음은 좀 편하다. '싫어하다'라는 감정을 금기시할 때보다는.

살다 보면 그냥 나랑 안 맞는 사람이 있을 수도 있고, 그 사람이 하필 내 앞에 나타났을 수도 있다. 그렇게 생각하니 차라리 편하더라. "또 만나요"라는 말에 예의상 끄덕이던 고개가.

5월의 밤

5월의 밤. 별빛 쏟아지는 밤하늘을,
들판에 누워 가만히 바라본다.
'어둠 속에서도 빛난다면 별하늘이 되는구나.'
그러다 '어둠', '별하늘' 같은 단어들을 놓치지 않기 위해 달칵 볼펜을 누른다.

그렇게 수첩에는 한가득 글귀가 적혀간다.
찬찬히 다시금 떠올려보는 기억에 괜히 흐뭇해진다.
새벽 감성에 젖어서 쓴, 낮에 보면 창피해지는 글이나,
장편소설의 한 단락을 언젠가는 쓸 곳이 있겠지 하며
빼곡히 옮겨 적은 건 나도 이해하기 어렵지만,

그런 조각들이 수첩을 채워간다.

그런 수첩들이 이 책을 만들어간다.

나는 여행자로소이다

우리가 흔히 '여행기'라 부르는 이야기는 그 안에 뭘 내포하고 있을까? 사전적 의미로는 여행을 하며 겪게 되는 사건과 이때 받은 인상을 서술하는 글이라는데, 실질적으로는 어떤 목표를 가지고 어딘가로 떠난 주인공이 난관을 헤쳐 나가다가 결국 무엇인가를 얻게 된다는, 영화와 소설에서 하나의 '플롯'으로 작용하는 이야기가 아닐까 싶다. 그리고 그 무언가는 자신이 원래 성취하고자 했던 목표가 되기도 하고, 생각지 못했던 다른 교훈이 되기도 한다.

대학에서 '신화' 과목을 수강하며 접했던 『길가메시 서사시』의 주인공 길가메시는, 영생의 비결을 찾아 헤맸지만 결국 '죽음은 피할 수 없다'라는 진실에 이른다. 어

릴 적 한 번쯤은 읽어봤을 법한 『걸리버 여행기』의 걸리버 또한 선의가 되어 세계 곳곳을 여행하는 목표를 가지지만, 풍랑을 맞아 다양한 나라를 거치면서 인간은 상대적으로 다를 뿐 차별받을 이유는 없다는 교훈을 얻는다. 중요한 건 결국 주인공이 어딘가로 떠나게 되고, 그 과정에서 무언가를 얻는다는 점이다. 이렇듯 '여행기'의 공통점은 과정을 통해 자신이 몰랐던 통찰을 가지기도 하고, 한계를 돌파하기도 하며, 소중한 경험을 한다는 거다.

하지만 그래서인지 어느 순간 여행을 다녀오면 무언가 교훈을 얻어야만 한다는 통념이 사람들 속에 깔렸다. 성지순례를 떠난 자는 신을 만나야 하고, 작가는 기가 막힌 글감을 떠올려야 하며, 길가메시는 영생의 비결을 찾아야 하고, 걸리버는 세계 일주에 성공해야 한다는 거다. 초등학교 때 현장체험학습 감상문에는 이런 질문이 있었다.

「이번 여행에서 교훈을 느꼈거나 배운 점이 있다면 무엇인가요?」

한참을 고민해야 했다. 그냥 신나게 뛰어논 기억밖에 없어서. 그나마 배운 게 있다면 선생님 몰래 과자를 먹는 법 정도였다. 차마 그렇게 답을 쓸 수는 없었지만, 내 생각과 다른 형식적인 말을 하고 싶지 않았던 어린 마음의 오기는 '선생님 몰래 과자 먹는 법'이라는 답을 그대로 쓰게 만들었고, 결국 꾸중을 들어야 했다. 억울했다. 배운 점을 쓰라고 해서 배운 점을 썼더니 이런 배운 점을 쓰는 게 아니란다.

"정말 이게 다야? 뭐 따로 느낀 건 없었어?"

내가 이렇다 할 대답을 못하자, 선생님은 한숨을 푹 쉬었다. 그 한숨은 나에게 있어 이럴 거면 뭐 하러 다녀왔냐는 식으로 들렸다. 나는 정말 신나게 놀며 재밌는 시간을 보내다 왔는데도 말이다. 반면 반 친구 하나는 가이드 선생님의 여러 설명을 하나도 빠짐없이 다 적었다. 그리고 그 친구의 감상문이 상을 받았다. 마지막에 쓴 환경 보전에 대한 다짐이 인상적이라나 뭐라나. 그들이 원하는 답변은 인생의 교훈이나 배움 같은 거창한 거였다. 기껏해야 하루짜리 현장체험학습에 그런 게 어디 있으려고….

생애 처음으로 서울에 놀러 갔던 날, 누군가는 매일같이 타고 다녔을 지하철을 나는 그날 처음으로 접했다. 신발을 벗고 타야 된다느니, 맨 앞 칸에는 매점과 화장실이 있다느니. 이미 서울을 경험해 본 친구들이 장난식으로 하는 말에 거짓말하지 말라고 웃으면서도, 속으로는 이게 진짜인가 싶어 집에 돌아와 남몰래 검색을 했다. 마치 제주도에 갈 때 여권이 필요한지 필요 없는지 같은, 비행기를 한 번도 타보지 않은 친구들에게는 여간 신경 쓰이는 문제처럼.

"이번 여행에서 뭘 배웠니?"
"지하철 맨 앞 칸에는 화장실이 없어요!"

여행을 다녀왔다는 나에게 그렇게 물었던 어떤 아저씨는, 내 대답을 듣고 무슨 생각을 하셨을까. 얼마 전 친구들과 놀이공원에 갔다가 단체로 놀러 온 초등학생 아이들을 보면서 나는 자연스럽게 처음 현장체험학습을 갔던 날을 떠올렸고, 감상문에 '선생님 몰래 과자 먹는 법'을 써서 꾸중 들었던 기억을 떠올렸고, 그때와 지금 내가 얼마나 달라졌는지를 생각했다.

그 후로 지금까지 수많은 여행을 다니면서 느낀 건, 내가 여행을 떠나는 이유는 단지 함께한 이들과 소중한 시간을 보내기 위해서라는 거다. 무조건 거창한 교훈과 인생의 배움을 얻을 필요는 없다. 물론 여행을 하다 보면 뜻하지 않은 교훈을 접할 때도 있겠지만, 그걸 최우선으로 하지는 않는다. 내가 원하는 건 그저 부산 여행에서 '부산 바캉스'를 부르고, 여수 여행에서 '여수 밤바다'를 부르는 정도의 낭만이다.

곁에 있는 이가 가족이 됐든, 친구가 됐든, 연인이 됐든, 최선을 다해 그 순간을 즐기고, 한참의 세월이 지나 사진 속 추억에 젖어들고, 만약 뜻밖의 배움을 얻었다면 그로 인해 인생의 가치관이 미묘하게 달라지는 것. 예전에도 지금도 앞으로도, 내 여행자로서의 자세는 그 정도면 충분하다.

서울역 라라랜드

집중이 필요할 때면 늘 3시간짜리 재즈 영상을 틀었다. 구 서울역의 야경이 배경이었는데, 현대식 빌딩숲 사이 자리 잡은 르네상스에 반한 나는 꼭 한 번 그곳에 가보고 싶었다. 그렇게 선선한 바람이 어울리는 어느 날, 작은 여행을 떠났다. 아름다운 야경에 더욱 선명하게 빛나는 고풍스러움. 누군가는 매일같이 보고 있었을 그 모습을, 처음으로 다리 위에 기대 한참 동안 바라보았다.

내려다보는 전경이 있다. 초록색 신호등에 일제히 출발하는 자동차와, 삼삼오오 지나가는 사람들. 아이의 사진을 찍어주는 부모님, 서류 가방을 쥐고 달리는 회사원, 다정하게 팔짱을 끼고 가로등을 지나는 연인. 바쁘지만 그래도 평온한 일상을 살고 있는 듯 북적대는 소리들. 집 앞에서도 평범하게 들을 수 있는 소리들이, 왜 이리 새롭고 따스한 걸까. 그런 나에게 네가 말하는 것 같았다. 고대하던 만남에는 또 다른 색과 온도가 있다고. 그만큼 너와 나의 거리는 가까워진 거라고.

재즈를 틀고 너를 바라본다. 시월의 밤, 익숙함이 새로움으로 느껴지는 과정. 그 안에 재즈가 있다. 재즈에 대해서 그리 잘 알지는 못하지만, 그래도 마음을 편안하게 만들어준다는 건 안다. 여행이 별거 있을까. 그저 익숙한 곳을 잠시 떠나 순간을 즐기면 되지 않을까. 무조건 인생의 교훈 같은 거창한 걸 배울 필요는 없을 테니까. 잠깐의 머묾 동안에도 이렇게 행복을 느끼는 건, 내가 이 순간에 충실하고 있다는 증거인지 모른다.

la la land
ORIGINAL
MOTION PICTURE
SOUNDTRACK

창백한 푸른 점 - 한밤 요트에서

천문학자 칼 세이건은 우주에서 찍은 희미한 지구 사진을 보고 이렇게 말했다.

'창백한 푸른 점'

언젠가 책에서 읽었던 말이, 왜 밤중의 요트 불빛을 보며 떠올랐을까.

탐사선 보이저 1호는 61억 킬로미터 떨어진 거리에서 지구의 사진을 찍었다. 태양 반사광 속 희미한 점 하나, 그게 지구였다. 이를 두고 칼 세이건은 지구가 광활한 우주 속에서 얼마나 보잘것없는 존재인지 알려주고 싶었다지만, 나는 그 또한 지구가 자신의 존재를 알리는 방법이라고 생각했다. 보잘것없는 점처럼 보인다 해도, 그래도 나 여기 있다고 말이다.

바다 위를 떠가는 작은 요트 하나. 분명 저편에서는 사람들이 바닷길에 산책을 하고, 술 한 잔하고 있을 테지만, 발밑을 흘러가는 새까만 파도, 그 위를 유유히 떠가는 우리는 마치 다른 세상에 있는 기분이었다. 요트는 자신의 위치를 알리기 위해 가장 높은 곳에 불빛을 켜둔다. 이 빛도 멀리서 보면 창백한 점 하나로 보일 테지만, 그래도 우리는 여기에 있었다.

광안대교 아래에 도착한 요트는 야경을 잘 볼 수 있도록 잠시 동안 모든 조명을 껐다. 그렇게 하나뿐이었던 요트 위 불빛마저 사라졌다. 존재를 알리던 유일한 불빛이 사라지자, 수평선조차 보이지 않을 만큼 캄캄한 바다가 눈앞에 나타났다. 눈부신 야경에서 고개를 살짝만 돌리면 그와 대조된 망망대해가 보였다. 그 모습은 장대하면서도 황량해서, 한편으로는 무섭게도 느껴졌다. 이 어두움 속에 빠지면 한순간에 사라져버릴 것 같았으니까.

그런데 갑자기 옆에서 친구가 사진을 찍어주겠다며 카메라를 들었다. 앞에 서 보라고 말하더니, 곧 어두워서 얼굴도 안 나온다며 탄식한다. 그러자 또 다른 친구가 스마트폰 플래시를 켜서 순식간에 조명을 만들었다.

각도를 맞춰 하나둘 빛을 비추니 제법 그럴듯한 사진이 나왔다. 그렇게 우리는 돌아가며 서로의 조명이 되었다. 요트 불빛이 없는 동안에도 우리는 우리의 방식대로 불을 밝혔다.

돌아가는 길, 바닷가에 있는 사람들이 우리를 보고 손을 흔들었다.

그 모습을 본 우리도 손을 흔들었다.

새까만 바다 위 요트는, 광활한 우주 속 지구처럼
창백한 점으로나마 우리의 존재를 알렸다.

그렇게 선착장에 도착하고 나서야
요트 위 불빛은 서서히 꺼져갔다.
자신의 존재를 다 알렸다는 듯이.

꿈과 책과 힘과 벽

처음으로 학원에서 새벽까지 자습을 하고 돌아가던 날. 마주한 풍경이 있었다. 주변 간판 불이 모두 꺼지고, 달빛 가로등만이 어둠을 비추는 도로에서, 빨간불을 깜박거리는 신호등. 그때서야 알았다. 이 거리의 신호등은 자정이 되면 깜박거리기만 한다는 걸 말이다. 여태껏 자정이 넘어서까지 밖에 있던 적이 없던 나는, 새벽 늦게 퇴근하시는 아버지를 떠올렸다.

'이런 신호등을 매일같이 보고 계셨구나….'

단순히 나이에 따라 얻게 되는 '성인'과 달리, '어른'은 조금 다른 느낌이다. 하고 싶은 일보다 해야 하는 일이 더 많고, 자신의 일에 책임질 줄 알아야 하니까. 곤히

잠든 가족을 위해 조용히 옷을 갈아입고 늦은 잠자리에 드는 일상. 그럼에도 힘든 내색 한 번 하지 않는 건 아버지가 '어른'이기 때문이었다. 깜박거리기만 하는 빨간불은 일종의 증표였다.

많은 이들이 시간을 멈추고 싶은 이유로 '부모님'을 말한다. 점점 나이 드시는 모습에 대한 안타까움일 테니까. 앨범 한 페이지를 장식하고 있는 부모님의 연애 시절 사진. 팔짱을 낀 채 환하게 웃고 있는 젊은 남녀는, 어느새 다 커버린 형제의 부모가 된 지금을 상상이나 했을까.

그날 저녁 아버지는 고등학교 친구분들을 만나고 오셨다. 기분 좋게 술에 취해서는 신나게 웃으신다. 아무리 나이를 먹어도 친구들끼리 있으면 고등학생인 것 같다고. 그러네, 맞네, 아버지도 고등학생일 때가 있었네. 세상 모든 어른들에게 그런 시절이 있었다. 그 시절의 청춘들이 상상했던 어른의 모습. 그 상상과 현실 사이의 괴리는 제법 클지도 모르지만, 힘든 하루하루를 버티고 있는 이유는 누가 뭐래도 가족을 위해서였다.

어른이 된다는 건, 매일 보는 빨간불의 무료함도 사랑하는 가족을 위해 견뎌내는 게 아닐까. 어른이 된다는 건, 그런 무료함도 소중한 친구들과의 술 한 잔에 타서 털어버리는, 여유를 가진다는 게 아닐까.

양화대교

거실에 누워 드라마를 보다 보면 엄마의 추억을 두드리는 소재가 나온다. 남녀 주인공의 신나는 데이트 장면은 물론이고, 강남 거리에서 일하는 예쁜 카페 알바생이나, 심지어 누군가 길거리 캐스팅되는 장면도 있다.

"엄마가 아가씨 때는~"

그렇게 이야기보따리가 풀린다. 어차피 결말은 정해져 있다. 집집마다 레퍼토리가 있겠지만, 우리 엄마는 늘 '자기자랑'이다. 이런 이야기를 할 때는 풋풋하고 인기 많던 과거의 자신을 불러온다. 그 이야기 속 엄마는 예쁜 데다 뭐든지 잘하는 만능 캐릭터였고, 아버지는 그런 엄마를 수많은 경쟁 속에서 쟁취한 승리자였다. 아버

지에게 의견을 물으면 반박하듯 몇 마디를 거들지만, 정작 중요한 기념일마다 아버지가 먼저 꽃을 사 오고 짧게나마 편지를 써두는 걸 보면, 엄마의 이야기가 아주 틀리지는 않은 모양이다.

금은보석은 사주지 못해도 마음만은 항상 사랑한다고, 결혼해줘서 고맙다고. 그런 편지를 뿌듯한 듯 냉장고에 붙여두는 엄마는, 맑고 여린 그 시절의 소녀 감성이랄까.

하루는 일이 있어 서울에 갔다가, 문득 내가 택시를 타고 지나가는 곳이 어느 노래의 배경이라는 사실을 알았다. 그 가수는 '양화대교'라는 곡을 통해, 택시운전사로써 가족의 생계를 책임지던 아버지를 담아낸다. 그 서정적인 가사에 깔려있는 건 외로움이고, 가족에 대한 사랑이다. 친한 친구에게 나지막이 털어놓는 말처럼, 혹은 일기장에 남몰래 써놓은 말처럼 담담하다.

"행복하자, 우리. 행복하자, 아프지 말고. 아프지 말고."

_ Zion.T(자이언티) - '양화대교' 中

나 또한 하는 일이 잘 풀리지 않아 부담이 쌓이거나 고민에 빠지면, 집으로 향하는 버스에서 늘 이어폰을 꽂고 이 곡을 들었다. 지금 이 시간에도 일하고 있을 아버지를 떠올리며, 늘 밝게 웃으며 응원해주는 엄마를 떠올리며, 그렇게 마음을 다잡았다. 그 가수에게 '아버지'하면 생각나는 곳이 이곳이라면, 나에게 있어 그런 장소는 어디일까.

언젠가 인터넷에서 두 장의 사진을 본 적이 있다. 흑백으로 찍힌 30년 전의 모습과, 컬러로 찍힌 현재의 모습을 각각 담고 있었다. 장소, 구도, 자세 모두가 같았지만 피사체인 사람의 모습만 달랐다. 흑백 사진이 어린 아들과 젊은 아버지를 담고 있다면, 컬러 사진은 시간이 흘러 늠름해진 아들과 백발이 된 아버지를 담고 있다. 그런데 머릿속에 무언가가 떠올랐다. 평소 신경도 쓰지 않던 냉장고 자석스티커였다. 지금으로부터 한참은 어린 내가, 아마 유치원생일 때다, 아버지와 잔디밭에 앉아 찍은 사진. 멍하니 바라만 봤다. 그도 그런 게, 사진 속의 아버지가 너무 젊어서.

이야기보따리 속 푹푹하고 인기 많던 아가씨는 두 아

들의 엄마가 됐고, 유치원생이던 아들과 잔디밭에 쭈구려 사진을 찍던 아버지는 그 아들을 지금까지 키워냈다. 그 사진 속 순박한 사람이 일평생 두 아들을 위해 얼마나 많은 고생을 했을까. 늘 난 괜찮다고, 넌 어떠냐고. 멀리 떨어져 있을 때면 아침마다 연락을 남겨두는 당신에게, 나는 항상 안타까운 감사함이라는 미묘한 감정을 느낍니다.

지금 내 앞 운전석에 앉아 계신 택시 기사님도 다른 누군가의 아버지일까. 괜히 가슴이 뭉클해졌다. 퇴근 시간 꽉 막힌 그곳에서 묵묵히 운전대를 잡고 있는 누군가의 아버지. 주위를 둘러보면 모두 그런 아버지들이었다. 전화가 온다. 우리 엄마다. 어디냐고 물어보는 말에, 나 양화대교, 양화대교.

비긴 어게인

글쓰기에 흥미를 느껴 처음 글을 썼던 건 중3 겨울방학 때 쓴 소설이었다. 책을 많이 읽는 편이긴 했지만, 그래도 직접 글을 쓰는 것과는 거리가 멀었다. 그때까지 내가 쓰는 글이라고는 기껏해야 백일장 아니면 일기 정도였다. 그저 읽고 있던 작품에 등장인물로 작가가 나왔고, 그에게 감명을 받은 게 글쓰기의 첫 동기였다. 책을 읽다가 멋진 표현이 나오면 수첩에 빼곡히 적어놓고는, 나중에 단어만 몇 개 바꿔 마치 내 글인 것처럼 쓰기도 했다. 그리고 그 글로 상을 탔을 때 약간의 죄책감이 들어 헛웃음을 지은 적도 있었다.

한동안 존경하던 선생님이 있었다. 오랫동안 주간지 편집장으로 일하신 뒤, 여러 인문학 강의를 하시는 분이었다. '글'이라는 분야에 대한 관심으로 처음 만났던 선생님은 항상 자신보다 내 말을 우선시하셨다. 규칙적인 삶에 해박한 지식. 그러면서도 너무 딱딱하지 않게, 적절한 유머로 분위기를 풀 줄 아는 분이었다. 너무나 좋은 기억으로 남아서, 나도 나중에 저런 어른이 되어야겠다는 생각이 들 정도였다.

선생님은 고등학생이던 내게 계속 술을 권하실 만큼 짓궂은 면도 있으신 분이었지만, 인생을 살아가는 데에 있어 도움이 되는 조언도 곧잘 해주셨다. 무조건 가르치려는 느낌이 들지 않을 정도로 조곤조곤하게, 그러면서도 홀린 듯 그 말속으로 빠져들게. 항상 냉장고에서 음료수 하나를 꺼내주시고는 보드마카를 손에 드는 게 조언의 시작이었다. 사실 조언이란 건 상대가 나를 위해 해주는 말이라는 걸 알고 있지만, 마음 한구석이 조금은 상하기 마련이다. 결국에는 내가 부족하다는 걸 인정하는 꼴이기 때문이다.

그런데 선생님의 조언은 뭔가 달랐다. 말대꾸할 만한 일도, 기분이 나쁠 만한 일도 없었다. 그 비법은 간단했다. 나를 향해서 하는 조언인지, 아니면 자기 스스로의 독백인지, 대상을 모호하게 하고 말투를 나른하게 함으로써 상대가 거부감을 느끼지 않고 말을 듣게 한다는 거였다.

"그래서 이 노래를 좋아해. 이 노래만 들으면 평범한 순간에도 뭔가 의미가 부여되는 것 같거든. 그런 자기만의 음악 하나쯤은 있는 게 좋잖아."

"나도 몰랐는데, 어제 저녁에 보내준 글, 17번째 줄에 띄어쓰기가 안 되어 있더라고. 앞으로는 나도 좀 더 꼼꼼하게 봐야겠어."

이러한 말은 당장의 답을 필요로 하지도 않았고, 나 스스로가 먼저 생각해보게 함으로써 기존의 잔소리와는 전혀 다른 느낌을 만들어냈다. 살아오면서 느꼈던 노하우를 고스란히 말해주는 듯. 그러고는 곧 하하 웃으며 말을 돌리셨다. 그 조언을 머릿속에 기억하고 있다가 때가 왔을 때 적용시키는 건 오로지 내 몫이었기에, 누군가를 탓할 수도 없었다. 선생님은 그런 식으로 나 자신을 돌아볼 수 있게 하셨다.

앞으로 내가 뭘 해야 할지 막막할 때가 있었다. 시간은 흘러가고 사람들은 다 앞서나가는데, 혼자 그 자리에 멈춰있는 기분. 그런 내 모습이 한심해 보이기도 했다. 아무것도 없는 하얀 도화지에 뭔가를 그린다는 것에는, 선을 잘못 그어 망칠 수도 있다는 두려움이 있다. 그런데 한 번은 이런 생각이 들었다. 틀리면 어떤가? 새 도화지를 꺼내면 될 뿐이다. 틀렸을 때 받는 창피를 이겨내지 못하는 사람에게, 애당초 자격은 주어지지 않는다.

선생님의 그런 말들은 내가 한 발짝 내딛는 생각을 할 수 있게 하셨다. 그래서 언제부터인가 쓸데없는 고민, 과한 고민을 하지 않기로 했다. 선을 그으려고 펜을 잡는 순간부터 발단이 시작된다고, 오늘 흘린 땀은 먼 훗날의 눈물이 미리 나온 거라고 믿는다.

선생님과 함께 갔던 전집 하나가 기억난다. 술을 못하는 내게 막걸리를 따라주시고는 딱 한 잔만 먹으라고. 이상한 맛에 얼굴을 찡그리는 나를 보며 크게 웃으시고는, 혼자서 몇 병을 비우셨다. 곧 혼자 취하셔서는 기분 좋게 노래를 부르시던 모습. 큰 목청에 당황도 잠시, 이것도 만약 어떤 일의 계기가 된다면 그건 그거대로 좋은 거니까. 그냥 그 노래에 어울렸다. 손님이라고는 선생님과 나밖에 없던 그곳에서 울려 퍼지던 노랫소리처럼. 집에 돌아가려는 내게 붕어빵 3천 원어치를 쥐어주시던 것처럼. 모락모락 피어오르던 따뜻한 봉투 속에서, 하나는 자기 거라며 입에 쏙 넣으시던 해맑은 미소처럼.

:

선생님과의 대화 1 - "부러우면 지는 거라는 말"

"네가 아무리 너 스스로를 대단하다고 여겨도, 언젠가 한 번은 무조건 나타나. 너보다 앞서 나가는 사람, 너보다 뭐든 잘하는 사람, 너보다 훨씬 대단한 사람. 그런 사람 말이야."

"그럼 처음에는 한껏 부러워하고 한껏 질투하겠지. 그러다가 이렇게 생각을 해. 내가 저 사람처럼 되지 말라는 법 있어?"

"부러우면 지는 거라는 말 있지? 그걸 약간만 반대로 생각하면 돼."

"부러워해야, 질투를 해야, 나도 저렇게 되고 싶다는 동기부여가 생겨. 그냥 부러워하기만 하면 지는 거지만, 거기서 뭔가 느끼는 게 있다면? 그건 승부의 시작이 되는 거지."

선생님과의 대화 2 - "사르트르도 몰랐을 걸?"

"여기는 포기하는 게 좋다… 그런 뜻이죠?"

"아니."

"무슨 뜻이에요. 그럼 어떻게 해요?"

"그런 건 스스로 정해야지. 남의 앞길에 참견했다가 나중에 핑겟거리로 쓰이기는 싫다. 나는 그냥 여러 방법 중에 하나. 너한테 어울리는 걸 추천할 뿐이야. 사르트르라는 프랑스 철학자 아니? 사람은 자유라는 권리를 가지고 태어났지만, 그 권리에는 책임이 따른다고 했어. 많이 고민되겠지만, 너라면 뭘 선택하든지 열심히 할 거고, 분명히 그에 따른 보상도 있을 거야. 만약 실패한다

해도 넌 다시 일어날 수 있는 힘이 있으니까, 좀 더 자신감 가져도 돼. 사르트르도 그건 몰랐을 걸?"

:

선생님과의 대화 3 - "나와 가까워지는 방법"

"사람은 인생에서 생각보다 적지 않은 시간을, 나를 사랑하는 것보다 미워하는데 써. '왜 그런 선택을 했을까' 후회하고, '앞으로 어떡해야 할까' 불안해하는 시간들 있지? 그게 바로 그때야. 그런 생각들이 많아지면 점점 스스로를 멀리하게 되거든."

"그런 식으로 나와 멀어지게 되면, 다시 가까워지게 하는 노력이 필요해. 먼저 지난 과거를 후회할 때는, 예전에 그런 선택을 했던 나를 믿어주는 거야. 지금 생각하면 바보 같은 선택이었겠지만, 그래도 그때 그런 결정을 내린 건 다 그만한 이유가 있었기 때문이잖아? 떠올려보면, 제발 그 선택이 맞기를 바라면서 속으로 기도하던 모습이 있거든. '나는 그때 그만큼 간절했구나'라고 생각하는 거지."

"반대로 한 치 앞을 모르겠는 불확실한 선택을 할 때는, 미래의 나에게 부탁하는 거야. 그때 가서 보면 이 선택이 바보 같을지도 모르지만, 그래도 믿어달라고. 지금의 내가 할 수 있는 최선이라고. 그러면 점점 후회와 불안이 조금씩 줄어들게 돼."

"매일같이 고민하고 매일같이 후회하는 게, 사실 다 같은 인간상이거든. 그렇게 나 자신에게 실망하다 보면, 결국 마음이 받아주지를 못해. 하지만 과거의 나를 믿어줌으로써, 힘든 일이 찾아와도 그걸 하나씩 극복할 수 있게 되는 거고, 어려운 결정 앞에서도 좀 더 안정을 찾을 수 있는 거야. 그렇게 조금씩 나와 가까워지고 있다고 믿는 거야."

어바웃 타임

어느 날 아버지에게 믿지 못할 이야기를 듣는다. 우리 집안 남자들은 21세가 되면 시간이동을 할 수 있다는 사실이다. 단 조건이 있다면 내가 명확히 기억하고 존재했던 상황으로만 이동이 가능하고, 과거로는 갈 수 있을지언정 미래로는 갈 수 없다는 것. 비록 이 능력으로 세상을 구하는 영웅이 될 수는 없어도, 여자친구를 만들 수는 있을 거라고. 영화 『어바웃 타임』은 이렇게 시간 여행을 하며 최고의 사랑을 찾아 나가는 한 남자의 이야기를 그린다. 어색한 웃음이나 어설픈 고백은 계속해서 재도전하면서, 사랑하는 누군가에게만큼은 완벽한 모습을 보이고 싶은 모습이, 어쩌면 이 세상을 살아가며 끊임없이 실수하는 우리와 닮아 있다.

"어떠한 순간을 다시 살게 된다면, 과연 완벽한 사랑을 이룰 수 있을까?"

_ 영화 '어바웃 타임' 소개글 中

그래서 나에게 되물어본다. 어떠한 순간을 다시 살게 된다면, 과연 완벽한 인생을 이룰 수 있을까? 내가 10분만 일찍 택시를 탔더라면 네가 그리 슬퍼할 일은 없었을지도 모르고, 1시간만 일찍 나왔더라면 비를 만나지 않았을지도 모른다. 하루만 일찍 왔더라면 그 가게가 문을 열고 있었을지도 모르고, 1초만 한눈팔지 않았더라면 당신과 마주쳐 우리의 운명이 달라졌을지도 모른다. 그때마다 '다시 돌아가면 그러지 않을 텐데' 후회를 반복하는 걸 보면, 그 짧은 시간 속에도 분명 중요한 의미가 있는 것 같다.

우리는 흔히 "과거로 딱 한 번 돌아갈 수 있다면 언제로 갈 거야?"라고 묻고, 이에 막연한 어린 시절이나 큰 실수를 저질렀던 순간을 떠올린다. 그리고 그때로 돌아가는 게 실제로 정답일지도 모른다. 하지만 '딱 한 번'이라는 전제는 너무 한정적이지 않은가. 예상치 못한 변수가 생긴다면 기껏 써버린 기회가 허무해질 테니까. 그러

니 차라리 "시간 여행을 할 수 있는 능력이 생기면 어떨 것 같아?"라고 묻는 게 더 열린 생각을 하게 만드는 물음인지도 모르겠다. 그 대답이 처음에는 '복권 번호'처럼 단순할지라도, "돈만 쫓는 시간 여행은 결국 재앙의 길"이라는 영화 속 주인공 아버지의 말처럼, 살다 보면 자연스럽게 진정한 사랑과 행복을 추구하는 자신이 있기 때문이겠다.

> "이제 난 시간 여행을 하지 않는다. 단 하루조차도."
>
> .
>
> "나의 특별하면서도 평범한 마지막 날이라고 생각하며,
> 완전하고 즐겁게 매일 지내려고 노력할 뿐이다."
>
> _ 영화 '어바웃 타임' 中

후반부에 이르러 주인공은 사랑하는 자식이 생김으로써, 그리고 아버지가 폐암에 걸렸다는 걸 알게 됨으로써 시간을 돌리는 일보다 소중한 게 무엇인가를 깨닫는다. 인생에 있어서 보내주어야 하는 것도, 받아들여야 하는 것도 알게 된다. 시간은 계속 흘러가고 주변 사람

들 또한 변해가지만, 더 이상 시간 여행을 하지 않는다. 그저 하루하루에 최선을 다하며, 긍정적인 마음으로 즐겁게 살아간다.

'시간'이란 건 생각해보면 세상에서 가장 공평한 요소다. 그렇기에 어떤 일을 해도 절대 되돌리지 못하는 인간의 시간이란 냉정하다. 그런 인생이라는 필름을 계속해서 되감을 수 있기를 바라는 것도 무리는 아니다. 순간마다 훨씬 큰 행복을 얻을 수 있다는 건 정말 유혹적이니까. 하지만 그럴 수 없다는 걸 우리는 알기에, 공평하게 주어진 시간을 각자의 방식으로 돌아가게 만든다. 그 안에서 얽히고설키며 서로를 맞춰나간다.

우리가 매사에 고민하는 이유도 마찬가지 아닐까? 아무래도 이번 생애에는 그런 능력이 주어진 것 같지는 않으니까, 언제든 그 순간을 돌아볼 때 잘못된 선택이 아니었기를 바라는 간절함. 설령 그랬음에도 이뤄내지 못한 일에 대해 슬퍼하고 후회하며, 같은 실수를 저지르지 않겠다고 다짐하는 모습이, 지금을 살아가는 청춘의 덧없는 아름다움인지도 모르겠다.

Symphony 2

"그대의 추억을 위하여"

추억은 방울방울

'추억'이라는 단어를 쓰고 있자면
어린 시절 뛰어놀던 초여름 운동장의 흙바닥이,
그 한 켠에 있던 청록수가 그려지는 듯하다

물론 그 청록수는 언제나 푸르게 뻗어
살랑이는 바람결에 춤을 추고 있을 테고

그 옆에는 바람을 온몸으로 느끼며
기분 좋게 누워 있는 소년이 있을 테다

추억은 과거의 기억을 떠올리는 일이지만
그로 인해 나에게 그리움을 주고
더 아름다운 추억을 만들기 위해

미래로 나아가게 하는 힘을 준다

과거에만 머무는 게 아닌
앞으로 나아가게 하는 힘

추억이라는 힘

HUJIN HANG

안녕, 나의 소울메이트들

가끔씩 '제일 밑에 있는 연락은 누구일까' 하는 궁금증이 든다. 대화창 정리를 하지 않는 편이라 오래전 연락들도 남아있는데, 대부분이 옛 친구들이었다. 외모도 성격도 성적도 달랐지만 같은 교실에서 지낸 친구들. 군것질과 만화책만 보면 정신을 못 차렸고, "I'm fine thank you, and you?"밖에 모르면서 하버드에 갈 줄 알았으며, 오늘 수업에 체육이 있다는 것만으로 행복을 느끼던 우리는, 그렇게 추억을 함께 했다.

햇빛 쨍한 여름날에는 그 햇빛에 빛나는 모래알의 수만큼을 달렸고, 머리 위로 불꽃놀이가 펼쳐질 때는 그 불꽃보다 환하게 웃었다. 어느 바닷가에 간 날에는 나란히 앉아 도시락을 까먹으며 미래에 대해 이런 대화를 나누기도 했다. 어른이 되면 우리가 멀어질지도 모르지만 한 번쯤은 이렇게 모여서 도시락을 까먹자고. 이제는 제법 먼 시간에 두고 온 우리들의 대화였다. 지금 생각하면 정말 서로의 영혼까지 나눌 수 있을 만큼 함께였다.

하지만, 우리가 언제까지고 함께일 수 없다는 걸 알게 된 시점에서, 나는 우리가 점점 멀어질 거라는 걸 알았다. 모두가 졸업은 새로운 시작이라며 들떠 있을 때도, 나는 바닷가에 모여 도시락을 까먹는 그 '한 번쯤'이 굉장히 어려울 거라는 걸 알았다. 결국 우리는 마지막 헤어짐을 연출해야 했고, 그 상황에서 서로에게 한 말은 바보 같지만 이 정도였다.

"잘 지내, 꼭 연락해!"

'만나러 갈게'도 아니고, '연락할게'도 아니고, 왜 하필 '잘 지내'와 '연락해'였을까. 나는 우리의 관계를 유지하기 위해 그리 이를 악물지 않을 거라는 걸 알았고, 그건 너희들도 마찬가지였다. 차라리 우리가 행복하던 시절을 간직하기 위해서는, 변해버린 친구들을 만나지 않는 게 최고일 거라 여겼다.

그 정도의 좁은 생각밖에 떠오르지 않았다. 그날 약속했던 것들이 하나도 이뤄지지 않을 거라는 게 두려웠고, 그렇게 우리는 우리로부터 멀어졌다.

한참이 지나 함께하던 시간이 무색할 만큼 우리는 서로에 대해 아는 것보다 모르는 게 많은 사이가 됐고, 서로의 SNS 프로필을 스치기만 하는 관계가 됐다. 우연히 생일자 목록에 떠 있던 친구는 내 기억 속 모습과 너무도 달라서 아예 다른 사람 같았다. 대부분이 그랬다. 나는 흐트러진 퍼즐에 몇 조각이라도 맞춰놓고 싶어서 우리가 함께하던 추억만 편집하고는 했는데, 친구들은 각자의 삶 속에서 제각기 달라져 있었다.

언젠가 우연히 그 시절 친구를 본 적이 있다. 그때의 모습이 어렴풋이 남아 있어서 바로 알아채기도 했고, 스치기만 하던 SNS에 그곳 사진이 올라왔기 때문이기도 했다. 하지만 바로 옆을 스쳐가면서도 그는 나를 알아보지 못했다. 나도 애써 아는 체하지 않았다. 그 친구가 나를 알아보지 못한 만큼 내 반가움도 그 정도에서 보내지 않는 편이 나았다.

지나간 것은 지나간 만큼의 기억이 있다. 그러면 '참

좋은 친구였지' 딱 그렇게만. "연락할게", "밥 한 번 먹자" 같은 상투적인 말로 형식뿐인 관계를 유지하지 말고, 그 기억 그대로만 간직하자고. 그 빈자리에는 새로운 사람이 찾아온다. 그리고 다시 떠나간다.

그래서 이제는 그 추억 속에서만 인사를 건네련다.
그 시절 나의 소울메이트들에게는.

밤편지

우리가 함께했던 시간들을
그리움과 즐거움으로 나눠가져야 한다면
나에게는 그리움을 남기고
너희에게는 즐거움을 주고 싶어

이 밤 그날의 반딧불에
추억을 떠올리며 그리워하는 건
나 하나로 충분할 테니

그러면 우리가
만나지 못할 앞으로의 시간 동안
나는 새로운 즐거움을 찾아 떠나고
너희는 나를 그리워해줄 테니까

안녕은 영원한 헤어짐은 아니겠지요

야구 놀이를 하다 부러져 건물 뒤로 던져둔 빗자루.
늘 앉던 자리 벽면에 지워지지 않은 볼펜 자국.
사물함 위 주인 없는 슬리퍼, 땀에 찌든 체육복, 표지 찢어진 교과서.

내가 꽂아두어 고스란히 남아있는 갈피와,
내가 떠난 뒤 다른 누군가에게 새로이 꽂힌 갈피.

별관 통로에 생긴 양철 지붕.
사라져버린 학교 앞 편의점.
바뀌어 버린 자판기 음료수.
새로이 변한 복도 벽화와 교실 문.

추억은 그렇게 과거와 현재를 아우른다.
오랜만에 돌아보는 교사의 전경은,
정겨움으로 돌아보는 과거인 동시에
서서히 흘러가는 시간이리라.

"입학식이 엊그제 같은데."

오랜만에 찾아와 나란히 올려다보는 학교는 말 그대로 '눈 깜짝할 새'다. 현수막에 쓰인 '입학'이라는 단어는 대개 '시작'을 의미하지만, 교장선생님의 지루한 축사를 듣는 와중에도 나는 저 단어가 '졸업'으로 바뀌는 순간을 상상하고 있었다. 얼마 지나지 않아 바로 눈앞에 펼쳐지던 그 순간과, 그 또한 과거가 되어버린 현재로. 입학식 날 느꼈던 여러 감정들은 이제 '그리움' 하나로 종속되어간다.

"나는 그냥 영원히 고등학생이었으면 좋겠다."

'고교 3년'을 너무나 사랑했던 한 고삐리는 학원 만화 주인공들이 무척 부러웠다. 몇 번의 계절이 지나고 온갖 사건을 겪어도 변하지 않는 그들의 시간이. 음악시간이면 괜히 피아노 앞에 앉아 알지도 못하는 건반을 두드리고, 점심시간이면 식당에 둘러앉아 깔깔대며 밥을 먹고, 지루한 수업 시간이면 책을 베개 삼아 낮잠을 자는 등. 돌이켜보면 내 마음은 아직도 그곳에 남아있는 듯하다. 어떤 명분이더라도 '학교'를 떠올릴 때는 좋은 기억이고 싶으니…. 옷장 구석으로 밀려난 촌스러운 교복. 그 옷깃에 밴 추억 속의 나는 언제나 행복했으니까.

안녕은 영원한 헤어짐은 아니겠지요
다시 만나기 위한 약속일꺼야

_ 015B '이젠 안녕' 中

누구나 마음속에 자기만의 '졸업'이 있다. 학교가 그리운 건, 단지 그 시절의 내가 그리워서만은 아니다. 이곳에 부모님의 청춘이, 친구들의 청춘이, 나의 청춘이 있었고, 앞으로 수많은 청춘이 이곳에서 꿈을 키워나갈 테니까. 그 청춘에게 학교의 전경은 다시 한 번 말한다. 여기서 계속 너희를 기다리고 있겠다고. 그러니 언제든 돌아오라고!

1095일의 썸머

사람 빽빽한 지옥철 매점을 그리워해요.
함께 교실에 앉아 먹던 아이스크림을 그리워해요.
낡은 그물에 골을 넣고 포효하던 나를 그리워해요.
야자 시간 이어폰에서 흘러나오던 발라드,
그 노래 가사에 힘을 내던 나를 그리워해요.

하지만 다시는 그때로 돌아갈 수 없다는 걸 알아요.
이 모든 걸 그리워하게 된 이유는
돌이킬 수 없는 추억이 되었기 때문이니까요.

가끔은 슬퍼요.
이곳에서 만나 하루 종일 웃고 떠들던 이들도
시간이 지나면 하나둘 그때와 달라질 테니까요.

그래서 더 아련해요.
이곳에서 보낸 시간은 너무나 큰 행복이었어요.
돌아오지 않을 내 3년을 채워준 모든 이들에게
이 이야기를 바칩니다.

겨울의 중심에서 동심을 외치다

기지개를 켠다. 몽롱한 정신으로 커튼을 걷자 하얀 빛이 쏟아진다. 눈부심을 견디고 바라본 곳에는 화이트 카펫이 깔렸다. 지루한 과학 수업에 못 이겨 잠들었는데, 그 틈을 타고 내린 함박눈이 온 교정에 흰 가운을 입혔다. 하얀 소나무. 잠에서 깨어 멍하니 창밖을 바라보는데, 한 녀석이 잔뜩 북받친 얼굴을 하고는 나가자며 소리쳤다.

번쩍하고 눈이 떠졌다. 그렇게 우리는 뛰어나갔다. 방금까지 책상에 늘어져 있던 애들이 맞는지, 우리는 손 시림 따위 잊은 채 눈덩이를 던졌고 터져 나오는 열정에 복도 창문마저 깨고 말았다. 그렇게 야단을 맞으면서도 우리는 동심으로 돌아간 듯했다. 그저 해맑은 얼굴로 눈을 뭉치던 시절로. 해프닝이 있어서일까, 그 후로 눈덩이를 뭉칠 때마다 그날이 떠올랐다. 내게 있어 눈은 곧 동심이었다.

눈 속에 파묻혀 놀아본 게 언제일까. 뭣 모르던 꼬마 때는 눈밭에 누워 이리저리 굴러다녔다. 새하얀 하늘은 온 세상이 다 내 거라고 말해주는 듯했다. 그럴 때면 정말 겨울왕국에 온 것처럼 눈사람을 만들고, 눈덩이를 던지고, 뛰다 지쳐 쓰러졌다. 하지만 그런 시간은 점점 사라져갔다. 눈싸움 같은 건 더 이상 우리가 할 게 아니라는 생각으로. 도로에 쌓인 흰 눈이 자동차에 의해 검게 변해버리는 것처럼, 우리의 동심 또한 바쁜 일상 속에서 검게 변해갔다.

몇 분간 지속된 설교 끝에 우리는 풀려났다. 그런데 교무실을 나오는 녀석들의 표정이 한결같다. 언제 복도 창문을 깨보겠냐며 오히려 의기양양하다. 이런 추억이 있다면 학교 창문 전부를 깰 수 있다는 말에 다 같이 웃는다. 모두가 행복을 나누는, 쉽사리 변하지 않는 동심이 좋다. 내가 가진 추억을 함께 가지고 있어서, 그래서 소중한 사람들. 신기한 얼굴로 깨진 창문을 구경하는 모습이, 어쩌면 아직 때묻지 않은 우리의 동심일지도 모르겠다.

그 해 나는

새벽 1시, 수업 자료를 어디에 뒀는지 기억이 나지 않아 여기저기를 뒤졌다. 그러다 파일철 하나를 잘못 건드려 수많은 A4용지들이 바닥을 뒤덮었는데, 정체 모를 글들이 잔뜩이었다. 컴퓨터 화면으로 글을 보면 집중을 못하는 편이라 무조건 출력해서 보는 탓이었다. 공모전에 내기 위해 몇 번이고 다시 썼던 단편소설이나 수필 원고부터, 라디오에 보냈던 사연이라든가, 대회 발표 스크립트라든가, 누군가에게 썼던 편지까지…. 내가 이런 글도 썼구나 하나씩 정리하다가, 제일 마지막으로 등장한 건 고교 동아리 때 썼던 자료들이었다.

글쓰기에 한창 푹 빠졌던 고등학생 때, 나는 뜻이 맞는 친구들과 함께 그동안 교내에 없었던 문예창작 동아리 '스마일링 노벨(Smiling Novel)'을 만들었다. 우리는 관련 책이나 홈페이지에서 자료를 찾아 작법 토론을 준비하고, 다른 작가들의 글을 읽어 보며 의견을 내고, 직접 쓴 글을 공모전에 투고했다.

그중에는 짧은 수필을 읽고서 자기 생각을 말하는 시간이 있었는데, 부장이었던 나는 종종 자료용으로 가져오는 기성 문인의 글 사이에 내 이야기를 끼워 넣고는 했다. 내 입으로 직접 말하기에는 뭐한, 최근 내 주위에서 일어난 일과, 그로 인한 고민들이 대상이었다. 흐름만 맞게 끼워 넣으면 지금 자기들이 읽고 있는 게 내 이야기라는 사실을 까맣게 몰랐으니, 객관적인 의견을 들을 수 있을 거라는 생각이었다. 그들의 의견은 내가 새로운 걸 배우게도, 몰랐던 친구의 성향을 알게도 했고, 내 경험을 부러워하는 이로 하여금 그저 허투루 시간을 쓴 건 아니었다는 생각도 들게 했다.

한순간 눈앞에 나타난 문서들은 제법 양이 있음에도 불구하고 나를 붙잡았다. 남들에게 일기가 있다면 나에게는 이 자료가 있었다. 남들이 돌려 읽었던 글 사이사이에는 갑작스레 존재를 드러내는 '나'라는 사람이 있었고, 그 옆에는 빨간 글씨로 쓰인 그들의 코멘트가 있었다. 좋았던 과거든 좋지 않은 과거든 지나간 일은 대부분 미화되기 마련이라고, 그 또한 하나의 추억이 되어 원래 찾고 있었던 수업 자료마저 뒤로 밀어낸 채 쌓이고 쌓였다.

그 해 나는 일주일마다 돌아오는 그 시간에, 글의 틈을 빌려 라디오에 사연을 보내는 청취자의 마음으로 내 이야기를 했다. 그리고 그렇게라도 남들에게 말 못 할 이야기를 하던 그 해의 나와, 또 그 이야기를 집중해서 읽어주던 그 해의 사람들이 그리워져서 파일철만 물끄러미 바라보던 밤이었다. 그런데 이 오래된 파일철에서 문득 인상 깊게 본 드라마 속 대사가 떠올랐다.

"네가 생각하기에, 휴먼다큐에 나오는 사람들은 뭐 때문에 출연을 결심하는 것 같아?"

"섭외할 때 난 항상 솔직하게 얘기해. 우리가 당신께 줄 수 있는 것, 딱 하나밖에 없다고. '지금 당신 인생의 한 부분을 기록해 주는 것'. 맞아, 이렇게 말하면 그게 뭐 그렇게 대단한 건지 모르겠다는 반응들이 대부분이지. 그런데, 그걸 찍고 나면, 그리고 그걸 영상으로 볼 수 있게 되면, 그때서야 이게 무슨 의미인지 알게 돼. 내 인생에서 순간을 기록해 간직할 수 있는 게 얼마나 값진 건지."

_ SBS 드라마 '그 해 우리는' 3화 中

이 몇 줄의 대사가 왜 내 마음을 울리고 자꾸 되뇌게 하는 건지. 가만 생각해 보면 나는 그때 쓴 글들로 하여금, 열여덟이라는 내 인생의 한 부분을 기록하고 싶었던 모양이다. 타인의 생각을 듣는 걸 넘어, 앞으로의 내 삶이 조금이라도 변하기를 바랐던 거다. 나에게는 그게 영상이 아니라 글이었고, 그 조각들이 점점 쌓여 태어난 게 바로 이 책인지도 모르겠다. 내 경험과 사유로 써낸 이야기를 하나의 결과물로 남길 수 있는 최선의 방법이었을 테니까.

글쓰기에 푹 빠져 있던 그 해의 나는, 지금의 내가 아직도 글 쓰는 걸 좋아하고 있을지 알았을까? 왜 다른 일로 가지 않았고, 왜 아직도 수첩에 뭔가를 끄적이는 건지…. 스위스 작가 페터 빅셀의 말처럼 "옛날이 지금보다 나은 이유는 '추억'이라는 뭔가가 하나 더 있기 때문"이고, 그 값진 추억이 미래에도 이어지길 바라는 게 우리의 소망이기 때문에, 내가 아직도 글쓰기를 좋아하고 있는 게 아닐까 싶다. 돌이켜보면 한밤중 방바닥을 뒤덮었던 A4용지 속의 모든 글들이, 내 인생의 한 부분이라는 값진 기록이 아니었던가 말이다.

나는 오늘, 그때의 당신과 만난다

충주. 아스팔트를 따라 차 한 대가 달린다. 캔커피와 병맥주가 든 봉투를 다리 사이에 끼고서 구불구불. 여기는 벌써 단풍이 들었다며, 비가 안 와서 강이 다 말랐다며 실없는 얘기를 나눈다. 그렇게 한참을 오르다 표지판 하나를 지난다. 화장터 '하늘나라'. 돌아오지 않는 대답에 일방적인 안부일지라도, 먹먹해지는 가슴에 씩 미소를 짓는다.

"오랜만이에요 삼촌. 오늘 날씨 진짜 좋네요. 거긴 좀 어때요?"

까슬까슬한 고슴도치 머리에, 별거 아닌 재롱에도 호탕하게 웃어주던 그는 우리 형제를 무척이나 귀여워했다. 만날 때마다 조카들 좋아하는 만화책을 한가득 사주고, 계곡에서 폭포를 무서워하면 극복할 수 있게 목마 태워주던 그를 우리 형제도 잘 따랐다. 멀리서 그의 모습이 보이면 달려가 안겼고, 얼굴에 따가운 수염이 닿으면 비명을 질렀다. 이제와 남은 건 노랑과 검정의 코닥 봉투 속 사진 몇 장뿐이지만, 그 모든 사진에서 우리는 환하게 웃고 있었다.

어느 날 밤, 자려고 누워 있는데 엄마가 조용히 다가오더니 우리를 꽉 껴안았다. 삼촌한테 큰 사고가 났다고, 이제 보고 싶어도 못 본다고. 처음에는 그게 무슨 뜻인지 몰랐다. 다음날 부모님 손을 붙잡고 장례식장에 들어서자 실감이 났다. 아들을 먼저 보낸 할머니가 하늘이 무너져라 울고 계셨다. 그때서야 삼촌이 돌아가셨다는 걸 실감한 우리도 목 놓아 울었다. 해군 정복을 입은 그의 사진 앞에 여러 사람이 드나들었고, 명절 때나 보던 친척 어른들이 수척해진 얼굴로 육개장에 소주를 마셨다. 슬픈 울음소리만 가득한 슬픈 곳. 그로부터 몇 년이 지났는데도, 생생히 기억나는 그날을 나는 잊을 수가 없었다.

그래서인지 이따금 그가 나오는 꿈을 꾼다. 중요한 대회에서 우승했을 때도, 지망하던 대학에 떨어졌을 때도, 책을 쓰고 싶어 첫 원고 작업을 시작했을 때도, 그는 꿈에 나타나 내 머리를 쓰다듬으며 축하해주고, 위로해주고, 응원해줬다. 나는 계속해서 커갔지만, 그는 어릴 적 기억 속의 모습 그대로였다. 어리광만 부리고, 만화책 사달라고 조르던 내 어디가 좋다고 아직까지 꿈에 나와 주는지. 매년 찾아가서 병맥주 부어주는 내가 기특하기라도 한 건지. 기억 속을 흘러가는 추억에 눈시울이 붉어진다. 이제는 만날 수 없는 사람이기에 더 그렇다.

만약 딱 한마디라도 전할 수 있다면, 사진 속에서처럼 함박웃음을 지은 채 말하고 싶다. 그와 내가 함께이던 시절에, 한 번도 내 입으로 하지 못했던 이야기를.

잘 지내시냐고, 보고 싶다고, 사랑한다고.

여름날에 든 생각

초여름의 투명한 공기를 가르며 구름 아래로 날아가는 새들은 참으로 부러운 존재다. 풀벌레 소리가 희미하게 들리고 은은한 커피향이 코끝을 스치면, 그때서야 나는 기분 좋은 날씨를 만끽하며 레트로 발라드 한 곡을 튼다. 저 멀리서 형형색색 책가방을 맨 아이들이 달려온다. 가방 위로 삐져나온 리코더 하나. 발걸음을 독촉하며 빨리 '아지트'에 가자고 소리친다. 어릴 적에는 누구나 아지트를 하나쯤 가지고 있었다. 자전거, 축구공, 글러브를 보관하고, 여럿이 둘러앉아 놀던 우리만의 공간. 나에게도 그런 곳이 있었는데.

7월. 순수하고 철없던 그 시절의 나는 어디로 갔을까.
아파트 도로에서 타는 인라인스케이트

피아노 학원에서 들려오는 히사이시 조의 summer
하나씩 입에 물고 있는 쭈쭈바 아이스크림

청색 팔레트 하늘과 어우러진 이들의 합주곡은 그 어떤 음악보다 평화로웠고, 기분 좋은 일상을 연주했다. 게임 딱지, 만화 카드, 우유갑 밑 숫자, 플래시 게임, 구릿빛 종, 실내화 가방, 초록색 칠판, 분필 지우개, 미니 빗자루, 리코더, 단소, 놀이터, 운동장, 문구사 불량식품, TV 만화, 정글짐…. 오늘 날짜가 번호인 친구는 하루 종일 긴장했고, 책상 선을 넘어오면 뭐든지 내 거라고 우기던 나날.

그때는 어른이 되는 게 먼 미래라고만 생각했다. 다시 볼 수도 느낄 수도 없기에 추억은 애틋하다. 지금의 나는 그 문밖에 있지만, 두 번 다시 들어갈 수 없다. 흘러가는 시간이 허락해 주지 않는다. 추억을 대하는 나의 자세는 한 가지뿐이다. 기록하고, 기억하며, 그 시절의 합주곡만큼 좋은 음악을 위해 길을 나선다. 충분히 간직하고 충분히 그리워하며, 자신의 순수하던 모습을 사랑할 수 있다면 되지 않을까. 그 시절의 피아노 선율이 들려오는 것 같다. 아이들이 떠올려준 추억을 고이 새겨본다. 지금 이 순간을 내가 즐겨야 하는 이유다.

잃어버린 시간을 찾아서

대학 사무실에서 일할 때, 나는 늘 아무도 없는 이른 아침부터 출근을 했다. 그때는 딱 겨울이 시작되던 때라 무척 추웠는데, 가스난로의 전원을 켜고 환기를 하면서, 항상 믹스커피 한 잔을 타 책상 위에 올려두었다. 모락모락 피어오르는 김을 보고 있으면 추운 사무실에 조금이나마 온기가 도는 듯했다. 일을 하는 동안 문을 열고 들락거리는 사람들의 손에는 언제나 프랜차이즈 커피가 하나씩 들려 있었는데, 문제까지는 아니지만 문제인 건, 정작 그 사무실에 있는 나는 그런 커피를 마시지 않는다는 데 있었다.

"커피 사 오려는데, 하나 사다 줄까?"
"아, 괜찮아요. 그냥 믹스커피 하나 타 마실게요."

누군가 물으면 그렇게 거절했다. 그리고는 믹스커피를 쭉 찢어 종이컵에 털어 넣으며 생각했다. 누군가 정성 들여 원두를 갈아 내린 것도 아니고, 프랜차이즈 커피처럼 맛이 다양한 것도 아니고, 공장에서 찍어대 종이컵에 대충 타 먹는 커피의 뭐가 좋다고 나는 늘 믹스커피만 고집하는지. 언뜻 보면 낭만이라고는 찾을 수 없는 커피가 어쩌다가 새로운 온도를 입어 나에게는 하나의 의미가 되었을까.

몇 년 전, 나에게는 한밤 버스에서 내려 늘상 향하던 곳이 있었다. 밤늦게까지 공부하던 수험생 시절 매일같이 다니던 학원이었다. 학원 안쪽에는 정수기와 함께 믹스커피가 대량으로 놓여 있었는데, 산처럼 쌓여 있는 문제에 답답함을 느낄 때면 커피 한 잔을 타서 밖으로 나왔다. 프림과 설탕의 적절한 조화는 쓰디쓴 내 몸을 달게 중화시키기도 했고, 몰려오는 잠을 깨워주기도 했다. 자정이 다 되어가는 시간 누군가에게 위로를 받으며, 그 누군가가 나를 위해 타준 커피를 마신다는 게 어떤 맛과 기분인지도 그때 알았던 것 같다.

그 무렵 나는 정든 곳과의 이별이라는 소나기를 흠뻑

맞고 있을 때였다. 학창 시절의 대부분을 함께 보낸 학원이 문을 닫는다는 말은, 그 시절을 추억할 수 있는 매개체 하나가 사라진다는 뜻이기도 했다. 그날은 믹스커피 한 잔을 손에 쥐고 있다가 가슴이 먹먹해졌는데 그 이유는 내가 이곳에서 매일같이 밤을 새우며 마시던 커피를 떠올렸기 때문이고, 지금 들고 있는 게 이곳에서의 마지막 커피임을 알았기 때문이다.

이 작은 믹스커피 한 잔에는 크기에 비해 너무나 많은 기억이 어우러져서, 그 안에 담긴 나를 추억하기 위해 계속 믹스커피만을 고집하는지도 모르겠다. 프루스트의 『잃어버린 시간을 찾아서』 속에는 마들렌과 함께 마시는 홍차가 있었고, 나에게는 그 맛과 분위기에 과거를 떠올리게 하는 믹스커피 한 잔이 있었다. 화창한 봄날 창문 열고 만끽하는 상쾌함. 초가을 어두운 골목길 밤공기의 시원함. 한겨울 첫눈과 난로 앞에 손을 맞댄 따뜻함. 내가 좋아하는 학원 풍경에는 늘 믹스커피 한 잔이 들려 있었다.

무언가 이별을 앞둔 사람이 있다면 믹스커피 한 잔을 타주고 싶다. 그리고는 세게 한 번 안아주고 싶다. 우리를 마지막으로 문을 닫던 그날, 원장선생님이 나에게 그러셨던 것처럼. '아련한 추억의 매개체'라는 말은 굉장히 거창해 보이지만, 그건 그저 종이컵에 담긴 믹스커피 한 잔이어도 괜찮다. 그리 특별하지 않은 것에도 새로운 온도를 더할 수 있는 장소가 누구에게나 있다. 나에게는 이제 존재하지 않는 학원이 그렇다. 만남은 쉽고 이별은 어렵다는 어떤 노래 가사는, 참으로 감성적이면서도 참으로 애처롭게도 인간적이다.

세상을 살기 위해서는
세 가지를 할 수 있어야 한다.
죽을 수밖에 없는 것들을 사랑하기.
자신의 삶이 그것들에 의지하고 있음을 깨닫고
그들을 가슴 깊이 끌어안기.
그리고 놓아줄 때가 되면 놓아주기.

_ 메리 올리버 - '블랙워터 숲에서' 中

Symphony 3

“그대의 사랑을 위하여”

Love Actually

사랑에는 여러 스타일이 있다. 한 사람과의 지고지순한 사랑을 원하는 사람이 있고, 일생 동안 여러 종류의 사랑을 원하는 사람이 있다. 한순간 감정이 불타오르는 사람이 있고, 온도를 천천히 달구며 오랜 시간을 투자하는 사람이 있다. 그래서 그리도 수많은 사랑 노래가 있고, 소설이 있고, 영화가 있는 모양이다. 세상의 모든 이들은 그렇게, 세상의 모든 곳에서 사랑을 외친다.

Everybody loves somebody.

누군가가 누군가를 사랑하게 된다. 언젠가 누구라도 사랑을 하게 된다.

내가 너를 찾아낸 것처럼.

_ 애니메이션 '타마코 마켓' 9화 中

수첩에 적어둔 글귀가 의미 있게 다가온다. 세상 모든 연인들이, 우리 부모님도, 결국 이 말이 이루어진 사례니까. 사랑이 어떻게 이루어지는지 간단하면서도 묵직한 말이다. 세상 모든 연인이 영원하면 좋으련만, 이는 꿈같은 이야기일지 모른다. 실상 현실은 부딪히고 깨지고, 이별하는 연인이 부지기수니까. 운명적인 사랑이라는 건, 그리 거창한 건 아닐 듯하다. 자연스러운 만남이던 인위적인 만남이던, 좋은 사람이라면 발전하게 될 테고, 나쁜 사람이라면 경험이 될 테니까. 그 모든 게 운명이었다고 생각하면, 그건 그거대로 맞는 이야기 같다.

당신에게 사랑이란 무엇인가? 흔히들 진심으로 사랑하는 사람이 생기면 세상 모든 게 특별해진다고 한다. 평범했던 일상이 특별해지는 순간, 꼭 말해주길 바란다. 남들 못지않게, 그 이상으로 너를 사랑할 거라고. 조용히 어깨만 기대고 있어도 큰 의미가 있는 사람, 눈물을 보일 때 말없이 옆에 앉아 있게 될 사람, 그만큼 소중한 사람.

이 세상 모든 이들에게는, 사랑하는 사람이 있다.

비도 오고 그래서

"금방 갈게요. 조금만 기다려요."

이 한마디가 그대를 편안하게 만들면 좋겠습니다. 세차게 쏟아지는 비를 맞지 않았으면 좋겠고, 우산을 펼친 사람들이 잇따라 지나가도 외롭지 않았으면 좋겠습니다. 걱정스레 남겨둔 메시지가 그대를 위해서라는 걸 알아줬으면 좋겠고, 그래서 이 비가 더 이상 불안하지 않았으면 좋겠습니다.

비를 좋아합니다.

습한 공기로 맡아지는 특유의 비 냄새를, 눈을 감고 듣는 시원한 빗소리를 좋아합니다. 배수관으로 떨어지는 빗소리에 읽는 책을, 물방울 맺히는 창가에 틀어보는

'비 오는 날 플레이리스트'를 좋아합니다. 그 첫 곡의 전주를 좋아합니다.

그런데 그날은 책상에 앉아 있다가,

쏴아~ 하는 소리와 바빠지는 바깥에 비가 온다는 걸 알았습니다. 그리고 그대가 우산을 들고 나가지 않았다는 것 또한 알았습니다. 비가 좋은 이유가 하나 더 있다면, 이렇게 날씨 탓으로 돌리며 그대를 보러갈 수 있다는 겁니다.

사람들 사이에서 그대를 찾습니다.

눈치 채지 못하게 살며시 다가가 놀래키고는, 깜짝 놀란 그대에게 씩 웃어보입니다. 우산이 하나밖에 없어서 미안하다고 하지만, 사실 일부러 하나만 들고 왔다는 걸 알까요. 나란히 걷는 그대에게 반을 내어주면서, 행여나 모자를까 약간 더 기울입니다.

"빨리 왔네?"

.

"오래 기다렸어요?"

.

"…조금?"

연락도 안 했는데 어떻게 알았냐고 그대는 물었습니다. 잠깐을 고민하다가 답했습니다. 비도 오고 그래서, 그냥 생각이 났다나 뭐라나. 목소리조차 잘 들리지 않을 만큼 쏟아지는 비지만, 이렇게나마 더 가까워질 수 있어서, 지금은 그 어떤 음악도 필요 없어서.

너에게 난 나에게 넌

분명 오늘 정도면
꽤나 더워졌다고 생각해서
창문을 열어놓으려 했는데

추운 듯 몸을 웅크리고는
담요를 찾는 네 모습에
나도 모르게 창문을 닫고 말았다

너와 함께한 이래
이런 순간은 이제
당연한 일들이 되어버렸다

여수 밤바다

여행지에서의 낯선 인연. 그리고 영화 같은 만남. 많은 이들이 꿈꾸는 그런 일이 현실로 다가온 날이었다. 그 가을 여수, 늦은 저녁 오동도. 그곳에 그녀가 있었다. 흰색 캡 모자를 눌러쓰고, 여행자용 힙색 하나를 매고 있는 모습. 쌀쌀한 날씨에 양팔을 붙잡고 있는 모습에서 용기가 났을까. 입고 있던 셔츠를 벗어 어색한 말을 걸었다.

"…이거, 입으세요."
"아…. 네, 감사합니다."

둘 다 혼자 여행을 떠나왔다는 점에서 둘은 제법 빠르게 친해졌다. 따뜻한 캔커피를 홀짝이며 그녀는 말했다. 일과 사람에 치이며 살아온 자신을 돌아보고 싶었다고. 영화에나 나올 법한 여주인공의 서정적인 고독을, 한 번 느껴보고 싶었다고. 시간이 얼마나 흘렀을까, 이야기를 나누는 동안 조금씩 옆으로 다가온 그녀는 나지막이 속삭였다.

"우리 아주 잠깐만, 연인처럼 있으면 안 될까요?"

자신이 받아 온 상처를 견디기 위해, 아주 잠깐만 사랑을 달라고. 힘을 달라고. 그녀가 어떤 사연이 있어 여기까지 혼자 떠나왔고, 어쩌다가 나란히 서게 된 건지, 뭐든 상관없었다. 그저 그녀의 바람대로 아무 말 없이 오른쪽 어깨를 내어주었다. 한 쪽씩 나누어 낀 이어폰으로 '여수 밤바다'를 들으며, 밝게 빛나는 돌산대교를 내려 볼 뿐이었다.

날이 밝으면 서로를 잊기로 했다. 어제의 기억은 가슴 한편에 두고, 자신이 가려던 길을 향하자고 말이다. 그렇게 끝내 붙잡지 않았다. 떠나는 뒷모습에 약간의 미련이 남았지만, 손을 뻗지 않았다. 연락처도 알지 못했다. 알려준 이름과 나이도 가짜였을지 모른다. 단지 웃을 때 손으로 입을 가리는 습관이 있다는 것. 그 덕분에 눈웃음이 정말 아름다웠다는 것뿐이었다.

Sadder than is the moon's lost light,

Lost ere the kindling of dawn,

To travellers journeying on,

The shutting of thy fair face from my sight.

여행을 계속하는 나에게

동이 트기 전에 달빛이 사라지는 것도 슬프지만,

당신의 아름다운 얼굴이 내 앞에서 사라지는 것은

더욱 슬픈 일이다.

_ 나쓰메 소세키 - 『풀베개』 中

뜨거운 여름밤은 가고 남은 건 볼품없지만

'첫사랑은 대개 짝사랑이다.'
'첫사랑은 이루어지지 않는다.'

흔히들 말하는 이야기가 나에게는 진리였다. 상대는 나에게 큰 애정이 없지만 나는 상대에게 큰 애정을 느낄 때, 우리는 그걸 '짝사랑'이라고 부른다. 누구나 한 번쯤 그런 순간이 있다. 생생하게 기억나는, 짝사랑을 느끼는 순간이 말이다.

그 해 여름. 밤공기 뜨거운 강릉에서, 그 아이와 나는 만났다. 예쁜 얼굴과 천진난만한 성격을 지녔던 옆 반 여자아이. 우연의 인사를 나눈 우리는 모래성을 사이에 두고 앉았다. 혼자여서 심심했는데 네가 와서 다행이라고 말하는 친구. 괜히 얼굴이 붉어졌다. 나는 분위기가 어색해지지 않도록 공통될 만한 화두를 꺼냈고, 그중 한두 마디에 맞장구를 치며 대화를 이었다. 그렇게 이 아이가 예상외로 피구를 싫어한다는 걸, 아직 친구와 싸우고 제대로 화해하지 못했다는 걸, 아빠가 까주는 새우를 정말 좋아한다는 걸 알았다. 헤어지는 순간 양손을 흔들면서, 학교에서 보자며 활짝 웃던 아이. 그 미소를 본 나는 이상한 두근거림을 느꼈다. 사랑에 대해서 뭘 알까 싶은 나이였지만, 어느새 이 아이를 좋아하게 되었다는 걸 알았다.

하지만 다시 만난 우리는 그 이상 발전하지 못했다. 나는 대화의 깊이만 더할 줄 알았지, 관계의 깊이를 더할 줄은 몰랐다. 전과 같은 우연의 기회만을 바라면서, 적극적으로 다가가지 못했다. 숨기 바빴고, 같이 놀자는 말 한마디를 못했다. 그런 실수를 만회하고자 했던 과한 표현은 또 다른 오해마저 불렀다. 그날의 우연이 무색하게 우리는 점점 멀어져 갔고, 내 진심은 마음속에서 사그라졌다. 좋아하는 마음이 클수록 신중해야 한다던 생각은, 적극적인 문제 해결보다 회피하기에 바쁜 부작용을 일으켰다.

졸업을 맞이할 때까지도 우리는 서로의 뒷모습만 바라봤다. 제법 시간이 지났지만, 뜨거운 여름밤 바닷가의 모래성을 보면 몇 년씩이나 지난 일에 미련을 두게 된다. 만약 그때 먼저 손을 뻗었더라면, 조금씩 진심을 표현했다면 우리의 관계는 달라졌을까. 막연한 마음에 바다에게 답을 구해본다. 달빛이 비친 바다에는 적막한 파도 소리만 가득하다.

말할 수 없는 비밀

고속버스 옆자리의 연인이 서로 기대고 있을 때,

횡단보도 건너편의 연인이 팔짱을 끼고 있을 때,

우리는 저럴 수 없을까 생각했어.

나는 네가 이상형인데, 너도 내가 이상형일까?

너는 나를 어떤 눈으로 보고 있을까?

적극적인 대시라니,친구의 장난스런 조언에 겁만 먹던 나였고, 우리 관계는 그렇게 그대로였어.

왜 그리 바보같이 굴었을까, 돌이킬 수 없는 과거만 생각하면서.

사이가 가까워질 구실을 찾으려 눈치만 봤어.

위험에 빠졌을 때 구해주거나, 돌아가는 길 버스가

같거나, 그런 운명적인 일은 없는 걸까?

이대로 너에게 아무것도 전하지 못한다면
좋아하지 않는 것과 같다는 뜻이라서.
다음 단계로 나아가 어떤 대답이라도 들어야 한다고.
그런 주저함과 다급함 사이에서 내 마음은 너에게 닿았어.

그 상처가 가끔은 아파오기도 하지만
초저녁 골목길에 감성이 젖는 날
'이 또한 하나의 경험이겠지' 간직하려고 해.

지금 너에게는 다른 멋진 연인이 생겼구나.

추억은 만남보다 이별에 남아

영화 속 비련의 여주인공이 있다. 둘이서 늘 자주 갔던 동네 카페, 그 구석진 자리에서. 계속 눈가를 훔치며 고개를 끄덕이던 그녀와, 그런 그녀 앞에서 고개를 떨구고 있는 남자.

"나 호주 가기로 했어. 정말 미안해. 더 좋은 사람 만날 수 있을 거야."

지금껏 아름다운 사랑을 해왔지만, 그는 먼저 제안한다. 여기까지 하는 게 어떻겠냐고. 그녀는 울고만 있다. 알고 있기에 매달리지 않는다. 거리가 멀어지면 마음도 멀어진다니까. 그저 고개를 끄덕일 뿐이다. 그래도 자기를 위해주고 있는 거라며.

세상에 아름다운 이별이 있을까? 사랑 이야기 속 빠짐없이 등장하는 이별 장면. '두 사람은 서로를 정말 사랑했지만, 그가 먼 곳으로 유학을 떠나게 되며 결국 서로의 미래를 응원해 주기로 한다.' 이런 애틋한 플롯에서나 나올 만한 이별을 제외한, 현실의 우리 속에 있는 이별은 그렇지 않은 경우가 대부분이다.

그런 이별 속에서 후회는 언제나 더 많은 사랑을 보냈던 사람의 몫이다. 자신이 가지고 있던 모든 사랑을 주었지만 상대는 그걸 다 받아들일 수 없었다. 이미 마음이 떠난 상대를 쫓아 아무리 달려봐도 그 사람은 더 이상 거기 없다. 그렇다고 내가 그동안 상대에게 주었던 사랑을 없던 걸로 할 수도 없으니, 사랑의 정도가 잘 맞는 사람끼리 만나는 것 또한 사랑의 기적이다.

나는 계속해서 사랑을 보내지만 상대는 아닐 때, 반대로 나에게 계속해서 보내오는 사랑을 받아주지 못할 때, 우리는 정도의 차이가 주는 슬픔을 온전히 느낀다. 이별 노래에 달린 댓글들을 보면 다들 자기 이야기를 하는 것 같아서 공감된다고 말한다. 노래 같은 사랑, 소설 같은 사랑, 영화 같은 사랑을 하고 싶었는데, 그 뻔한 줄

거리를 따르지 못하고 끝나버린 배드 엔딩. 어쩌면 수많은 사랑 이야기가 탄생할 수 있는 건, 현실의 대부분이 그 정도의 차이를 극복하지 못한 채 끝나버리기 때문이라는, 제법 슬픈 이유일지도 모르겠다.

그런 슬픈 상황 속에서 스스로를 위로하는 방법은, 좋지 않게 끝난 과거의 인연마저 흘러온 내 인생의 한 부분으로 여기는 거다. 더 이상 미련 두지 않고, 그저 더 멋진 사랑을 위한 발판이었다고 생각하며 살아가는 거다. 이젠 너를 마음속에서 보내줄 테니 너도 나를 딱 그 정도로만 생각해달라고. 그렇게 추억은 만남보다 이별에 남아, 너를 내 인생의 추억 중 하나로 미화하며 살아간다. 그 순간의 감정으로부터 떠나가면서.

카구야 공주 이야기

밤하늘을 올려다보면 맑은 달.

사랑하는 이를 두고 달로 떠나간 한 여인의 이야기가 떠오른다.

달에서 지구로 유배를 왔던 카구야 공주는 다시 돌아가야 했고, 떠나기 전 사랑했던 남자에게 불사의 약을 건넨다.

하지만 남자는 이렇게 말하며 약을 불태웠다.

"공주가 없는데 이게 무슨 소용이 있으랴."

과연 그게 정답이었을까?

수많은 구혼자를 거절하던 그녀가,

상대를 생각해서 불사의 약을 줄 리 없는데.

나는 생각한다.

그건 언젠가 만나러 와 달라는 공주의 메시지였다고.

인간의 수명으로는 끝없는 시간이 걸린다고 해도,

언제까지나 기다리겠다는 의미를 담아서.

하지만 그 뜻도 알아채지 못한 채 약을 불태우고 마는, 바보 같은 이야기다.

나라면 그녀를 놓치지 않을 텐데.

의미를 단번에 알아차리고서, 몇십몇백 년이 걸리더라도 그런 결말로 가지는 않을 텐데.

만약 우리의 이야기였다면.

그 시절, 우리가 좋아했던 소녀 혹은 소년

"이번엔 우리 은섭이 팩트 체크해보자…. 학교 다닐 때 좋아하던 사람 있었지. 지금 이 자리에 있지."

.

"음… 목해원이었는데."

.

"지금은?"

.

"그럴 리가. 모든 첫사랑은 과거완료야."

_ 이도우 - '날씨가 좋으면 찾아가겠어요' 中

과연, 모든 첫사랑은 과거완료일까? 사랑'하는' 사람이 아니라 사랑'했던' 사람. 겨우 두 글자 다를 뿐인데 다가오는 느낌이 확 다르다. 과거에 시작되었고 과거에

끝나버려, 현재에는 끊어져버린 너와의 관계. 이에 해당하는 건 첫사랑뿐만 아니라, 그 후로 이어진 여러 개의 사랑일 수도 있겠다. 그리고 그 사랑은 쌍방이었을 수도 있겠고, 혼자만의 일방적인 짝사랑이었을 수도 있겠다. 무엇이 됐든 애틋한 건, 이제 그 시절 내가 사랑했던 누군가의 모습을 볼 수 없다는 게 아닐까.

휴대폰에 저장된 수많은 연락처를 내리다 보면 놀란다. 아직까지 연락하고 지내는 사람은 정말 극소수다. 어떤 이름과의 추억은 명확하게 기억이 나는 반면 어떤 이름과의 기억은 하나도 떠오르지 않는다. 인간은 망각의 동물이지만 뇌는 우리의 행동을 절대 잊지 않는다는 말이 있다. 한 번 경험한 건 절대 잊지 않는다는 뜻인데, 어딘가 깊숙한 곳에 숨겨두어서 찾을 수 없을 뿐이란다. 그게 잊는 거 아니냐고 말할 수도 있지만, 생각지 못한 계기로 다시 마주했을 때 그때의 기억이 갑작스레 떠오르는 걸 보면, 정말 어딘가 깊숙한 곳에 있다가 수면 위로 튀어 오르는 것 같다.

그중 몇몇 이름에서는 나도 모르게 눈이 멈춘다. 오래전에 내가 좋아했던 사람, 그리고 오래전에 나를 좋아해 줬던 사람의 이름은, 그 어떤 기억을 수면 위로 튀어 오르게 만든다. 나에게 그 기억은 무척 풋풋하고 그리워서, 마치 앨범 한편에 자리 잡은 오래전 사진 같다. 그 사각 프레임 속에는 상대를 온전히 좋아하던 나의 순수함이 있고, 문득문득 떠오르는 얼굴들이 있다. 그 시절 우리가 좋아했던 소녀 혹은 소년은, 지금 어디에서 어떻게 살아가고 있을까?

나는 내가 좋아했던 이가 어떻게 지내는지 알고 싶어 지인에게 물어볼 때도 있었고, 남몰래 SNS에 검색해 보기도 했었다. 그리고 반대로 예전에 나를 좋아했다던 누군가가 어떤 자리에서 내 근황을 물었다는 이야기도 듣는다. 우리는 흔히 이를 두고 '미련'이라 부르지만, 이는 과거가 아직 완료되지 않아서 그런 거라고, 이러한 행동이 어쩌면 과거를 현재로 바꾸는 계기가 될 수도 있다고 나지막이 생각해 본다. 결국 '미련'에는 그 사람의 지난 후회에 내가 차지하는 부분이 조금이라도 있기를 바라는 마음이 담겨있다.

앞서 적은 이도우 작가의 『날씨가 좋으면 찾아가겠어요』는, 독립서점 주인인 은섭과, 서울 생활에 지쳐 시골로 내려와 서점에서 일하게 된 해원의 이야기를 그린다. 여러 친구들이 모인 동창회에서 은섭은 해원에 대한 사랑이 '과거완료'라고 말하지만, 오랜 시간이 지나 다시 만난 해원의 모습에 그 마음은 도로 움직인다. 이미 완료된 과거가 다시 현재로의 진행을 시작한다.

이처럼 내가 보고 싶은 건 풋풋하고 그리운 사각 프레임 속의 과거 시제가 아니라, 그 바깥을 흘러온 현재 시제일지도 모르겠다. 과거에 내가 순수하게 좋아하던 사람이, 현재에서는 어떻게 살아가고 있을지. 눈을 감고 내가 가장 설렜던 순간을 따라가 보면, 더없이 아름다웠던 그 시절의 네가 있다. 그리고 그 미소가 향하는 곳에서 있는 나도 보인다. 만약 네가 다시 내 눈앞에 나타난다면, 또 그때의 우리가 담고 있던 순수함이 변하지 않았다면, 내가 너를 다시 좋아하지 않을 거라는 확신을 나는 못 하겠다.

어쩌면 유사 이래 내 사랑은, 한 번도 완료된 적이 없을지도 모르겠다.

Finale

"오월의 하늘을 거머쥔 우리는"

청춘과 추억, 사랑과 낭만. 이래저래 많은 이들과 함께해 온 저의 일생 속 따뜻하고 포근한 이야기들을, 어떻게 해야 많은 분들과 나누고, 결과물로 남겨둘 수 있을까 고민했습니다. 시간이 지나 돌아볼 때 잊어버리고 싶지 않은, 프루스트의 마들렌 같은 저만의 매개체랄까요. 그 고민 끝에 탄생한 매개체가 바로 이 책입니다. 그렇기에 너무나 행복한 이 순간이고, 『오월의 하늘을 거머쥔 우리는』을 읽어주신 여러분께 진심으로 감사드립니다. 순도 100%의 진심을 담아 큰 절 올립니다. 부디 받아주시길….

독서가 취미네 글 쓰는 게 취미네 말은 하지만, 정말 이게 내가 좋아하는 일인가, 잘 할 수 있는가에 대한 고민은 매 순간 찾아옵니다. 공모전에 글을 보내도 발표날

오는 연락이라고는 게임이나 하자는 친구들의 연락이 전부인 나날. 좋아하는 작가와 작품을 묻는 분들에게는 확실한 대답도 못 하고 얼버무리면서, 일본 문학을 좋아한답시고 '히가시노 게이고'와 '나쓰메 소세키'를 들먹이는 불완전한 작가 지망생. 셰익스피어의 4대 비극도 매번 헷갈리고, 『나미야 잡화점의 기적』만 사골처럼 우려먹다 보면, '문학'에 대한 제 정체성이 흔들리고는 합니다.

그저 남들이 읽은 건 다 따라 읽어야 어디 가서 무시당하지 않는다는 생각에, 너무 재미없게 책을 읽은 건 아닌지…. 학창 시절을 떠나보낸 제가 진심으로 읽고 싶었던 건 그토록 사랑하는 청춘과 추억에 대한 이야기였습니다. 그렇게 서점가를 돌아다녔지만 마땅한 책을 찾을 수 없었고, 그래서 생각했는지 모릅니다. 차라리 내 이야기로 책을 써보는 건 어떨까, 하고 말입니다.

'고등학생'으로서 가지고 있는 마지막 기억은, 졸업식 날 교복을 입고 바라보던 학교의 전경입니다. 첫 입학식 등굣길에는 오르막이라고 느꼈던 언덕이지만, 더 이상의 등교가 필요 없던 졸업식 귀갓길에는 내리막으로 느껴졌던. 집으로 돌아와 교복을 벗고 옷장 깊숙이 밀어 넣던 그 순간, 고등학생이 끝났고, 10대가 끝났습니다. 초고의 첫 에피소드를 쓰기 시작한 날부터 책으로 펴내게 된 오늘까지, 꼬박 3년이라는 시간이 지나 저는 점점 커가고 있습니다. 앞으로 제가 어떤 삶을 살게 될지는 아무도 모르는 일이지만, 적어도 그 추억 속의 저는 밝은 미래를 꿈꾸고 있으니….

만화 역사에 있어 '올 타임 레전드 명장면'을 꼽으라면, 절대 빠지지 않는 『슬램덩크』의 하이파이브가 있습니다. 시합 종료 직전, 주인공 강백호가 쏘아 올린 2점 미들슛. 그 슛은 골로 연결되어 역전 승리를 만들어냅니다. 결정적인 패스를 건넸던 사람은 영원한 앙숙 관계일 것 같았던 서태웅이었죠. 역전의 주인공이 된 강백호는 그 순간에 취해 서태웅에게 다가가, 역사에 길이 남을 하이파이브를 날립니다.

'반전' 하면 쉽게 떠오르는 『유주얼 서스펙트』와 『식스 센스』 같은 작품들. 하지만 그 반전은 『슬램덩크』에도 해당할지 모릅니다. 만화 제목 그대로 멋진 덩크슛에만 가치를 두던 강백호였지만, 길이 남는 명장면을 만든

결정적인 슛은 덩크가 아닌 일반적인 2점 슛이었다는 점. 이처럼 우리 인생의 가장 소중한 순간은, 그다지 특별하지 않은, 평범한 일상 속에 묻어있는지도 모릅니다. 평범한 일상도 지나고 보면 아름다운 청춘의 순간으로 남는다는 누군가의 말로, 단 한 분이라도 이 책을 읽고 무언가를 느끼신다면 저는 충분히 만족할 것 같습니다.

이런 에필로그를 보면 대개 감사한 이에 대한 인사말을 쓰고는 하는데, 저는 너무 많아서 다 쓸 수나 있을까 합니다. 만약 이 부분에서 '이 녀석 나한테 하는 말이구나!'라는 생각이 드신다면, 그분이 곧 제가 인사를 드려야 하는 분이겠죠. 부족한 아들이지만 언제나 응원해주시고 든든한 버팀목이 되어주시는 부모님께 깊은 감사를 드리며, 지금도 열심히 공부하고 있을 동생에게도 사랑을 전합니다. 처음 연락이 닿았을 때부터 지금까지 열정만 가득한 풋내기 글쟁이의 가능성을 3년 동안 지켜봐 주신 행복우물 출판사의 최연 편집장님께도 감사의 큰 절을 올립니다. 그리고 책이 나온다니까 친필 사인을 해달라던 소중한 친구들이여, 내 인생에서 너희를 만날 수 있어서 참 다행이야. 덕분에 이 책이 세상에 태어날 수 있었어.

사람은 살아가는 동안 3번의 행운을 만난다는 말이 있습니다. 그게 만일 사실이라면 저는 이미 3번의 행운을 다 써버렸습니다. 소중한 사람들을 만났고, 소중한 시절을 보냈고, 그들을 담은 소중한 이야기를 펴낼 수 있었으니 말입니다. 설령 그로 인해 앞으로 불행이 찾아온다 해도 괜찮습니다. 이미 얻은 것들과 함께 충분히 이겨낼 수 있을 테니 말입니다.

아실 분들은 아시겠지만, 책 제목 『오월의 하늘을 거머쥔 우리는』의 모티브는 그룹사운드 '잔나비'의 '초록을 거머쥔 우리는'이라는 곡입니다. 처음 마주했을 때부터 가장 좋아하는 가수가 되어버린지라 이 곡명에서 모티브를 따왔습니다. 집에서, 오후에, 주로 창밖을 바라보면서 만든 곡이라는 말이 확 와닿았습니다. 저 또한 집에서, 오후에, 창밖을 바라보며 쓴 글들이기 때문입니다. 산뜻하고 평화로운 햇살이 비춰오면 저절로 떠오를 듯한 청춘의 아름다움. 모두가 그 아름다움을 새길 수 있기를 바라며, 우리 모두의 낭만을 위하여!

다시 한번, 이현도 드림

publisher instagram Lee Hyeondo

오월의 하늘을 거머쥔 우리는

초판발행 2023년 9월 26일
지은이 이현도
펴낸이 최대석 **펴낸곳** 행복우물 **출판등록** 307-2007-14호
등록일 2006년 10월 27일 **주소** 경기도 가평군 경반안로 115
전화 031-581-0491 **팩스** 031-581-0492
전자우편 book@happypress.co.kr
값 16,000 ISBN 979-11-91384-59-8